増補新装版

しあわせの王様

全身麻痺のALSを生きる舩後靖彦の挑戦

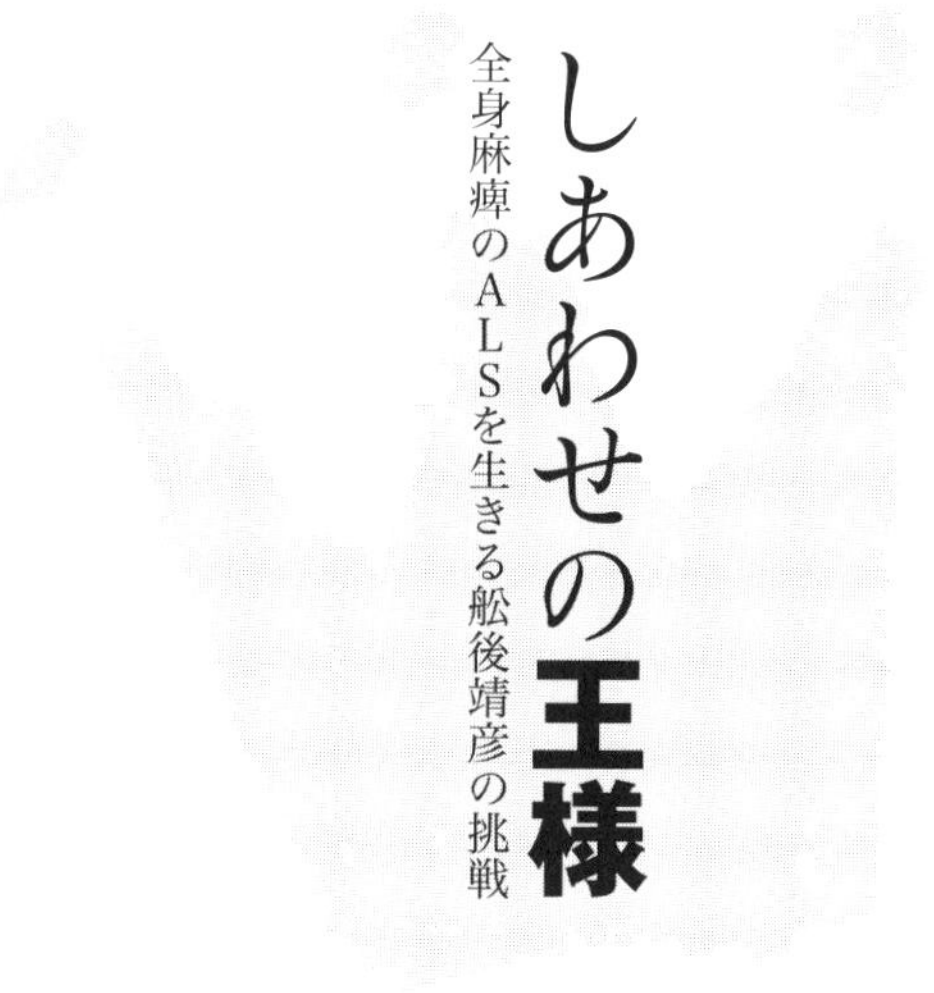

舩後靖彦
寮美千子

目次

宣告 …… 8
告げられて我も男子と踏ん張るも　その病名に震え止まらず

発病 …… 11
十歳の愛《まな》娘《むすめ》との腕相撲　負けて嬉しい花《はな》一匁《いちもんめ》

少年時代 …… 15
野良犬を友とし蟬《せみ》を追いかける　転校生の夏休みかな

青春 …… 17
日雇いの配管稼業　武者修行　汚水まみれで己《おのれ》を磨き

就職 …… 23
いつの日かインドの大地かけめぐる　大商人となる夢を見る

企業戦士 …… 27
わが仕事大波に乗るサーフィンか　友も家族も浜の点景

予兆 …… 44
指もつれ鞄摑《つか》めぬ通勤路　たすきにかけて若者ぶって

不安 …… 50
病院に行けば二度とは戻れぬと予感し　あえて診察受けず

失態 …… 54
妻の肩　杖《つえ》にするとは情けなや　大黒柱となるべき我が

ALS《エイエルエス》 …… 60
筋《きん》萎《い》縮《しゅく》性《せい》側《そく》索《さく》硬《こう》化《か》症《しょう》　ＡＬＳ《エイエルエス》の禍々《まがまが》しき名

絶望 …… 70
何をする気力も湧《わ》かず引きこもる　ただ絶望の海に溺れて

否定 …… 72
「不治」という単語ばかりが聞こえくる　病名告げる医師の唇

怒り …… 79
奈落《ならく》へと転がり落ちて得たものは　千々《ちぢ》に砕けし自尊心かな

受容 …… 82
歩きでは最後と行った散歩道　地に素足つけ別れを惜しむ

気管切開 …… 83
「生きたけりゃ喉《のど》かっさばけ」と医師が言う　鼻では酸素間に合わないと

胃瘻《いろう》 …… 87
チューブから栄養摂取サイボーグ　我は人なり手術を拒む

提案 …… 90
時だけはうなるほどあり　病得《やまいえ》しこの身のゆえの時間贅沢《ぜいたく》

迷い …… 93
死を望む我に生きよと告ぐる声　廊下に響く呼吸器の音

呼吸器 …… 103
指一つ動かぬ我に生きる意味　ありと覚悟を決めし日の空

生きがい …… 108
わが文《ふみ》を読む同朋《はらから》に笑《え》みこぼれ　俺に成せるはこれと火が点《つ》く

いのちのメール …… 118
自死望む友に「死ぬな」と　動かない足で必死にメール打つ夜

表現者 …… 133
障害を俺が世間にさらさねば　病友たちは隠れ住むまま

今井医師 …… 150
使命から鬼にもなれるわが主治医　その目に浮かぶ涙に驚き

母 …… 166
介護苦を知っているのに知らないと　我看《み》る母に菩薩《ぼさつ》をみた日

妻 …… 172
鬱《うつ》来れば妻の香《か》以外薬《くすり》なし　漂いくれば不安和らぎ

現在 …… 184
芋虫《いもむし》か寝返りさえも打てぬけど　夢で青空舞う大揚羽《あげは》

あなたに伝えたいこと　船後靖彦

王様病 …… 192
病苦さえ　運命《さだめ》がくれたゲームだと　思える我は「しあわせの王」

挑戦者 …… 195
俺らしく　いまやれることやりぬいて　走り続けん　いまこの瞬間《とき》を

再刊のあとがきにかえて …… 197

［付録／朗読劇］全身麻痺でも社会復帰――命ある限り道は拓かれる・ALSの船後靖彦の挑戦 …… 199

デザイン　鈴木康彦

増補新装版　しあわせの王様

【宣告】

告げられて我も男子と踏ん張るも
その病名に震え止まらず

その日、舩後靖彦《ふなごやすひこ》は大学病院のベッドの上に正座していた。十一階の窓からは、緑の森が見えた。けれど、それはどこか遠い、見知らぬ場所のように思えた。舩後は、不安でならなかった。体の異変を感じはじめて十ヶ月、ようやく受けた検査だった。もうすぐ、医師がやってきて、結果を知らせてくれる。一体、どんな病名を告げられるのか。白いシーツが、果てしなく広がる海のように思えた。どこにも陸地の見えない海のただなかに、ただ一人置き去りにされ、漂流しているような心細さを感じていた。だからこそ、思うようにならない体にむち打って、背筋をしゃんと伸ばし、正座をして待っていたのだ。そうしなければ、不安の大波に呑みこまれてしまいそうだった。

やがて、足音がして、病室の扉が開いた。白衣に身を包んだ担当医が三人、揃ってやってきた。三人もいっしょに来るなんて、と悪い予感がした。

医師はゆっくりと、病名を告げた。「筋萎縮性側索硬化症《きんいしゅくせいそくさくこうかしょう》、略してALS《エイエルエス》といいます」。聞いたこともない病気だった。

医師は、まるで表でも読みあげるように、淡々と語りはじめた。

「体中の筋肉が、徐々に弱っていく神経の病気です。原因がわからず、有効な治療法もまだ確立していません。いわゆる『難病』です。四肢麻痺《ししまひ》、つまり手足が麻痺し、やがて動けなくなります。舌も動かなくなり、しゃべることも、食べることもできなくなります。症状の進み方はさまざまですが、いずれ全身麻痺になることは、免れません。自力での呼吸もできなくなります。個人差はありますが、平均三年から四年で絶命します。死因は、呼吸筋の麻痺による呼吸不全です。しかし、呼吸器を装着して延命する道があります。選択は、患者さんの自由です」

舩後は微動だにしなかった。できなかった。声を出すことすらできなかった。視野がぐんぐん狭まり、狭い筒から世界を覗《のぞ》いているような気がした。「治療法がない」「四肢麻痺」「全身麻痺」「呼吸停止」「平均三年から四年で絶命」……。医師の語る言葉の切れ端が刃物のように心に突き刺さり、ぐるぐると際限なく回っていた。

窓の外の風景が歪《ゆが》み、輪郭を失っていった。色が溶けだして、すべてが崩れていった。

光に満ちた過去と失われた未来とが、走馬燈のように心をかけめぐった。涙が溢《あふ》れかえってきて、舩後は無言のまま絶叫した。

病気の概要を告げられるのに、五分とかからなかった。医師は最後に言った。

「なにか、ご質問は？」

とても口をきけるような状態ではなかった。それでも舩後は、ようやくのことで自分を持ちこたえ、訊《たず》ねた。

「呼吸が停止して死ぬときは、苦しみますか？」

医師は、やさしい笑みを浮かべて答えた。

「心配いりません。意識が朦朧《もうろう》となり、静かに息を引きとられます」

ＡＬＳ　はじめて耳にするその名

医師の宣告余命三年

筋肉の麻痺総身《そうしん》へ忍びより
手なく足なく口もなくなる
その時は苦しみますかと訊《たず》ぬれば
静かに逝《い》くと医師は微笑み

【発病】

十歳の愛娘《まなむすめ》との腕相撲
負けて嬉しい花一匁《はないちもんめ》

病の予兆は、思わぬところからやってきた。大学病院でＡＬＳと告げられる十ヶ月前のことだ。

週末も仕事で奔走《ほんそう》していた舩後だったが、その日はようやく休みを取ることができた。久しぶりに家でゆっくり過ごす日曜日、小学校五年生になる一人娘はゲームに夢中で、自分のことを振り向いてもくれない。普段、まともに顔さえ合わせていないのだから仕方ない、と思いながらも、父親としてはやはりさみしい。なんとかして娘の気を引こうと、舩後はこう誘ってみた。

「ねえねえ、パパと腕相撲しようよ」

「やだぁ。ゲームしてるんだもん」

「そんなこと言わないで、ね、いいだろう」

いつになくしつこく誘ってくる父親に、娘は仕方なくゲームの手を止めた。

「いいよ。一回だけだよ」

「よぉし、パパ、手加減しないからな」

「うん」

娘の小さな手を、父親の大きな手が包みこむように握る。

「よし、いくぞ。いち、に、さん。えいっ！」

そのとたん、舩後は慌てた。娘の腕の力は思ったよりずっと強く、あれよあれよという間に、勝負がついてしまった。

「パパ、弱っ！」

「おかしいな。若い頃は、腕相撲ならだれにも負けなかったんだがな。もう一度やろうよ」

「やーだ。パパ、弱くてつまんないんだもん」

苦笑いしながらも、舩後はうれしくてならなかった。体格がいいとはいえ、小学五年生の娘の、どこにそんな力が潜んでいるのか。腕相撲で父親を負かすほど、子は成長している。負けた悔しさより、そのうれしさの方が何倍も何十倍も大きかった。

一九九九年七月、舩後靖彦四十一歳。商社マンとして働き盛りを迎えていた。その人生を、ガラリと変える夏がはじまろうとしていた。

それからほどないある日、いつものように忙しく朝の支度をしていたときのことだ。歯を磨こうとすると、歯ブラシが手からぽろりと落ちた。拾って磨こうとするが、うまくいかない。手が思うように動いてくれないのだ。ようやく握ったものの、歯を磨く手に力が入らない。後ろから、急《せ》かすように妻の声が響いた。

「パパ、なにしてるの。早くしないと遅刻するわよ」

歯ブラシが手からぽろりと落ちたのが
地獄の使者の挨《あい》拶《さつ》始め
脳の指示無視して動かぬわが右手
筋書き摑《つか》めぬ劇の幕開き

【少年時代】

野良犬を友とし蟬《せみ》を追いかける
転校生の夏休みかな
人前で笑みを絶やさぬ少年は
部屋で涙す膝《ひざ》を抱えて

船後靖彦は一九五七年十月、岐阜市に生まれた。父親は転勤族。父の転勤に伴って何度も転居し、十歳で千葉市に落ちついた。

その頃、千葉は京葉《けいよう》工業地帯として大発展を遂げようとしていた。海は埋め立てられて工場となり、野山も田畑も宅地に造成され、次々に新しい住宅が建ってゆく。きのう友だちといっしょに遊んでいた原っぱが、きょうはもうブルドーザーでつぶされ、ほどなくぴかぴかの庭付き一戸建てが立ち並ぶ。そこに、自転車の豆腐屋がラッパを吹いてやってくる。昭和四十年代のそんな町で、舩後は少年時代を送った。

首都圏の新興住宅地でもあった千葉市の人口は、増加する一方。新設校がいくつも創られた。舩後の進学した千葉県立千葉南高校も、そんな新設校のひとつ。一九七二年に創立され、舩後はその二期生だった。伝統ある進学校へと進む道もあったが、冒険を求める舩後の気質が、あえて新設校を選ばせたのだ。

舩後少年の直感は正しかった。南高は、自由な雰囲気に満ちた活気のある学校だった。教師も生徒も新しいことにチャレンジする気概に満ちていた。当時の県立高校では許されなかった長髪も、教師は大目に見てくれた。舩後はさっそく髪を伸ばし、ギターを手にして友人たちとバンドを組んだ。ビートルズとローリング・ストーンズに夢中だった舩後は、ギター小僧となって、何度となく母校のステージに立ち、青春をめいっぱい燃焼させた。

その音楽と、音楽を通じて得た友人たちが、四半世紀の後、病に倒れた舩後の大きな支えとなることを、だれも予感すらしていなかった。ただまぶしい青春があるばかりだった。

指裂けて血染めのギター弾きまくる
これで燃えねば何の十代

【青春】

舩後が高校を卒業した一九七六年当時、東京にある拓殖《たくしょく》大学は、全国でも珍しい、ヒンディー語を学ぶことのできる大学だった。「神秘の国インド」に強い憧れを抱いていた舩後は、受験のとき、迷わずこの大学を選んだ。「入れる大学」ではなくて「入りたい大学」を選ぶ、という

16歳。当時結成していたバンドは、
人気グループ「オフコース」の前座を務めたこともあったという。

自主性を、舩後はその頃から持っていた。
入学した舩後を待ちかまえていたのは、大学伝統のバンカラの気風。先輩に誘われるままに、肉体労働のバイトに精を出す日々がはじまる。バイトに、勉学にと、舩後は学生生活を謳歌《おうか》しながら、日一日と、身も心もたくましくなっていった。

皿洗い　レンゲくれやと怒鳴られて
花柄の皿渡し叱られ

日雇いの配管稼業　武者修行
汚水まみれで己《おのれ》を磨き

卒業する頃になると、舩後はもう根っからのブルーカラー気分になっていた。満員電車に揺られ、ネクタイを締めて毎日都心のオフィスに通う、そんなホワイトカラーのサラリーマン生活をする気は、毛頭なくなっていた。

「よし、仲間と会社を立ちあげて、太陽の光の下で働こう！　そして、好きな音楽をやるんだ！」

船後はそう決心して、卒業と同時に起業した。屋根の防水を行う会社だった。一九八〇年のことだ。新会社の立ちあげと同時に、船後がおこなったのは、いっしょにバンドを結成する仲間を集めること。まず、高校時代の友人・藤城康雄のもとを訪れた。


藤城はこのときのことをこう語っている。

「びっくりしました。船後さんが、突然、ぼくのアルバイト先のガソリンスタンドに訪ねてきたんです。彼とは、同じ高校とはいえクラスは違うし、バンドも別々。音楽の趣味も違う。ぼくはフォーク、船後さんはビートルズやローリング・ストーンズ。卒業してから、時間も経っているし、正直言って、なんで？　と思いました。それに、高校時代の船後さんは、妙にミュージシャンぽくて、実際、ギターもうまかったから、なんだか近寄りがたい印象もあったし。

いぶかしがるぼくに、船後さんは単刀直入に『バンド、やらない？』って言ったんです。『なに、やるの？』って訊《き》いたら、即座に『オリジナル』という返事。『じゃあ、やる』ってことになって、話はすぐに決まりました。ぼくも、自分のバンドは解散しちゃっていて、音楽をやりたくてうずうずしていたんです。言葉は交わさなくても、音楽が好きな者同士、相通じるところがあったんですね。

いっしょにバンドをやってみると、近寄りがたいイメージとは全然違って話しやすいし、ひょうきんなところもある人でした」

舩後は、次々に友人を訪ね歩いて、バンドに誘った。結局、六人の仲間が集まった。メンバーがみな、肉体労働系の仕事やアルバイトをしていたため、バンドの名前は「ブルーワーカーズ」に決まった。

「舩後さんは、不思議な魅力を持っていました。『こいつとならやってみよう』と思わせてくれるなにかを、当時から持っていたんですよ。

結成後は、舩後さんがオリジナル曲を提供し、月に一回、ライブ活動をするようになりました。はじめた頃は、まだオリジナルの持ち歌が少なくて、アンコールで『君が代』を歌ったこともありました。ほんとは、ブルースなら、たいがいカバーできたんだけど、舩後さんはウケを狙ったんだよね。そういう、お茶目なところがあるんです、彼は。

バンドってよくケンカをするものだけど、うちのバンドは、全然ケンカしなかったな。舩後さんは、言いたいことは言うけれど、いつも理路整然としていたから、ケンカにならない。それに、みんな、お互いのことを認めあっていたから、すごくいい関係だったんですよ。

ただ、舩後さんは結婚してからは、よく奥さんとケンカしてたなあ。といっても、一方的に叱られている感じでしたけどね（笑）」

ブルーワーカーズは、地元では名前を知られるまでに成長し、メンバーはプロを目指した。しかし、プロへの登竜門であるコンテストの地区予選で敗退。メンバーを入れ替えながら、一九八一年まで活動を続けたが、お互いに仕事が忙しくなったこともあり、解散となった。

しかし、その後も元メンバーの結束は固く、月に一度は集まって飲み会をしていたという。それぞれが結婚し、子どもも生まれ、それはやがて、家族ぐるみのつきあいになっていった。

写真右が舩後。肉体労働のため大型車両の免許を取得していたことが、後に役立つこととなる。

話は巻き戻る。舩後が大学卒業と同時に立ちあげた防水業の会社は順調で、仕事はひっきりなしに来た。みんなで必死で働いた。しかし、仕事はあまりにも危険だった。強風にあおられながら、地上六階以上で働くことを続けるわけにはいかず、会社は二年足らずで解散した。

こうなったら、人並みに就職するしかないか、そう腹をくくった舩後は、どうせ就職するなら、海外に行ける商社マンを目指そう、と就職活動をはじめた。中途採用の入社試験を受けた「S時計貿易」は、宝石と時計を輸入する専門商社だった。社員二百三十名、モダンな九階建ての自社ビルを持つ、業界では大手の一流企業だった。

入社試験では気に入られそうなことを並べ立てたが、ほんとうの志望動機は「宝石関連のセクションが、インドとの取引をしていたから」だった。あくまでも学生時代からの憧れであるインド行きの夢を追い求める舩後だった。

高い倍率をくぐり抜けて入社試験に合格。晴れて社員となったが、回された部署は、残念ながら時計のセールス。舩後は落胆した。人事課にかけあったが、新入社員のわがままを聞いてくれるわけもない。舩後は不本意ながら、時計のセールスをすることになった。

しかし、一旦そうと決まると、船後は新たな闘志を燃やした。サラリーマンになるなら、一流のサラリーマンになってやろうと思ったのだ。世界を股にかける商社は、自らの未来を託すにふさわしい場所だった。

ほやほやの新入社員 目標はちょっと控え目「副社長」なり いつの日かインドの大地かけめぐる大商人となる夢を見る

夢は大きかったが、現実はきびしかった。社風は軍隊調。上司に声をかけられれば、すぐに椅子から立ちあがり、直立不動で話を聞かなければならない。廊下で社長とすれ違えば、斜め四十五度に礼をして微動だにせずに見送らなければならない。

それでも、社内にいられるうちはまだいい。セールスはさらにきつかった。雨の日だろうと風の日だろうと、サンプル商品の詰まった重いアタッシュケースを持って、どこまでも行かなければならなかった。一ヶ月に及ぶ長期出張もざらにあった。取引先のプレハブに雑魚寝《ざこね》をし、トラックで移動しながら、ときには荷台で時計を売り回るという、まるで香具師《やし》のような場面もあった。仕事のなにもかもが、「商社マン」といったスマートなイメージとはほど遠いものだった。

舩後はプライドをかなぐり捨て、仕事に邁進《まいしん》した。くじけそうになりながらも「商売の基礎を身につけるチャンスじゃないか！」と自らを励まし、歯を食いしばった。その頃、舩後の平日の平均睡眠時間は四時間を切っていた。

入れてやる そんな態度の総務への怒り抑えた出社の初日

上役にへつらう上司　手《て》揉《も》みする
蠅《はえ》かと噴きだす新入社員
顧客より上司敬う先輩に　唖《あ》然《ぜん》
会社は軍隊なのか
ボス　部下を言葉の槍でメッタ突き
夜道一人で帰れて不思議

メモ取れば「憶えろ！」取らねば「メモをしろ！」理不尽なれどハイと肯《うなず》く気がつけば上司に媚びる我がいて己《おのれ》の軽さ情けなくなる

【企業戦士】

入社四年目の一九八五年、船後にチャンスが巡ってきた。人事異動で「時計と宝石の催事部門」に任命されたのだ。大学時代、肉体労働系のバイトのために、トラックやトレーラーの運転手の免許を取得していたのが功を奏した。催事のバンを動かすことのできる舩後に、白羽の矢が立ったのだ。

これを足がかりに、念願の宝石部門へジャンプしようと考えた舩後は、猛然と英語の勉強をはじめた。というのも、ダイヤモンドの買い付けには、インドやユダヤの商人たちと渡りあう高い英語力が要求されるからだ。受験生よろしく、移動のときは携帯型カセット再生機でヒヤリング、昼休みも喫茶店で時間いっぱいテキストを読みこむという、英語漬けの毎日がはじまった。

舩後はこの年、結婚をしている。結婚相手は、小学校時代からの憧れの君だった。その新妻そっちのけでの語学学習だった。

その甲斐あって、舩後は英語検定で高得点を得た。そのとき、妻は半ば呆《あき》れたように、半ば感心して言ったという。「あれだけお金と時間をかけて勉強すればね」と。

社内でもその英語力が評価されはじめた頃、舩後は、スイスのバーゼルで開催される時計と宝石の見本市へ派遣されることになった。英語力があり、かつ時計と宝石、両方の商品がわかる人間として選ばれたのだ。入社以来、初の大舞台だった。

これが転機を生む大きなきっかけとなった。見本市は、例に漏れず撮影禁止。一計を案じた舩後は、学生時代から得意としていたイラストで、報告書を作ろうと考えたのだ。朝から晩まで、商品見本のデッサンをしまくり、イラストつきの前代未聞の報告書を作成。これが、専務を通り越して社長の目に留まり、船後は一目置かれるようになった。

心に添わない仕事にも耐え忍び、全力投球し、チャンスを逃さずに、工夫を凝らし努力を重ねて、自分の手で運をつかみとる。折しも、日本経済はバブルに突入したときだった。投入しただけの、いや、それ以上の成果がみるみる上がる。それが、面白くないわけがない。仕事は順調で、毎日が大波に乗るサーファーのようにスリルと興奮に満ちている。船後は、一層、仕事に夢中になった。

そして、とうとう念願の宝石部への異動が決まった。仕事は、ダイヤモンドの研磨《けんま》ずみの裸石《はだかいし》の販売。相手は素人ではなく、百戦錬磨《れんま》の問屋や宝石店だ。商売にきびしいインド商人やユダヤ商人も相手にしなければならない。船後は根っからの努力家だ。そうとなれば、徹底的に勉強して、ダイヤモンド鑑定の技術を磨いた。

六年も地味な仕事に甘んじた末の異動に嬉び六倍

相手より一枚上手の知識持つ
それだけが武器　セールスマンの
形良きダイヤ高値でさばけゆく
姿《すがた》命《いのち》のタレントのごと
鼻息で舞い散る軽きダイヤにも
ドキッとさせる美女も時折り
検品で夜な夜なひとり見惚れてる
ダイヤモンドは妖しき化《け》蝶《ちょう》

休日もダイヤ見たさに会社へと
はやる気持ちは初恋のごと

「惚れるなよ売れなくなる」とボスの声
きらめく宝石《いし》を手放すつらさ

美しき人を飾れと祈りこめ
惚れたダイヤを客に手渡す

宝石部へ配属となった一九八八年、バブルはまさに絶頂期。ダイヤモンドの需要も、すさまじいものがあった。舩後の売り上げもうなぎ登りだったが、単にバブルに乗ったというだけではなかった。会社にあるダイヤモンドで間に合わなければ、輸入仲間やインドの会社の東京駐在所に頼みこんでダイヤモンドを手に入れ、売りまくる。宅配便の集荷後に「明日までに商品をくれ」と言ってくる無理な注文には、宅配便のトラックターミナルまで車を飛ばし、目的地別に荷物を集めている長距離トラックの事務所にかけこんで泣いて頼む。売り上げのためなら、絶対にあきらめなかった。

「売り上げをたたきだせば、買い付けもさせてやる」という部長の一言が、船後の原動力だった。船後は、インドへ買い付けに行く夢を抱き続けていたのだ。

その頃の船後の生活は、こんな具合だった。午前中に企画書を作成、午後からそれに基づいて商談をまとめ、発注する。夜は十時十一時まで品ぞろえ。帰宅は午前様。それが毎日、一年間続いた。気がつけば、売り上げは六億六千万円に上っていた。ついに、船後が夢を手にするときがやってきた。

憧れのインドへ、ダイヤモンドの買い付けの助手として抜擢《ばってき》されたのだ。さらに、ベルギー、イスラエルと買い付けの旅は続く。安く買って、高く売る。船後は商売の醍醐味《だいごみ》を味わい、ノウハウを学んだ。バブルの大波に乗ってこのまま、どこまでも行ける、なにもかも思い通りになる、そんな気がしていた。

昼に夜に、寝る間も惜しんで
仕事に明け暮れた30代。

売れ過ぎて在庫のダイヤ底を突き
まだ売りたくてダイヤを探し

この星のダイヤ残らずかき集め
天下取る気で売りまくる俺

わが仕事大波に乗るサーフィンか
友も家族も浜の点景

ライバルに勝って月末有《う》頂《ちょう》天《てん》
なのに勝利の美酒ひとり酒

この年、舩後と共働きの妻の間に子どもが生まれた。目に入れても痛くないほどかわいい女の子だ。しかし、赤ん坊との暮らしを楽しむ心の余裕は、舩後にはなかった。舩後は脇目もふらず働き続けた。家族に対して後ろめたい気持ちもないわけではなかったが、だれより仕事のできる男になることが、家族のためだと信じていた。

いや、それ以上に、仕事が面白くてならなかったのだ。舩後は家庭を顧《かえり》みず、恒例だったバンド仲間との飲み会もパスして、ただただ仕事に突っ走った。そして、それが喜びだった。ダイヤモンドの売り買いに、心の底からワクワクし、数字になって現れる実績が大きな自信になった。

バブルが崩壊しても、舩後のダイヤモンドの売り上げが落ちることはなかった。世間が不況に苦しむなか、舩後は年に六億円台の売り上げを、八年間も連続でたたきだしていた。まさに、不死身のセールスマンだった。

しかし、会社はそうはいかなかった。バブル崩壊のあおりをもろに受け、財テクの失敗による多額の負債を抱えて青息吐息だった。結局、宝飾部門の閉鎖が決まった。少数のセールスマンが気炎を上げているとはいうものの、この部門は全体では不採算部門だったし、「会社の顔」である時計部門の存続を優先させたのだ。

舩後は大きなショックを受けた。こんなに利益を上げているのに、なぜその仕事を奪わ

わが子は目に入れても痛くないほど可愛いかったが、
当時の仕事にかける情熱はそれ以上だった。

れなければならないのか。

多くの社員が自主退職を迫られるなか、舩後には、次のポストが用意されていた。商品開発部だ。かつて作成したイラスト入りのレポートが、伝説のように語り継がれ、「デザインなら舩後に」と名指しされたのだ。

しかし、舩後がそのポストにつけば、同じ部門の古参の社員がリストラされるのは、目に見えていた。互いが支えあうはずの会社のなかでさえ、食うか食われるかの熾烈《しれつ》な戦いが繰り広げられていた。

舩後には、どうしようもなく心やさしい一面がある。長年会社に尽くしてきた年長の者が、自分のせいで、この不況のまっただなかに放りだされると思うと、心が痛んだ。年齢がいっている分、再就職もままならないはずだ。

加えて、ダイヤモンドを売りまくってきたという自信が、舩後にはあった。会社にいては、もうダイヤの買い付けに行くこともできない。そう思うと、面白くなかった。単に金のため、というだけではなく、舩後はダイヤに恋をしていたのだ。

いっそ、独立するか。悶々《もんもん》として上司に相談すると、上司もまた同じことを考えていた。舩後にはノウハウもある、ダイヤを見る目も鍛えた、不況ですらものともしない営業力もある。うまくいかないわけがない、と思った。ならば、二人で力を合わせて独立しよう、ということで、心が固まった。

気の早い舩後は、上司よりも一足先に辞表を出した。入社してからというもの、働きに働いてきた。その自分へのごほうびに、憧れのインドをじっくりと旅したいと思ったのだ。インドには、買い付けで出張したものの、忙しいビジネス旅行でなにも見ていないに等しい。独立して買い付けに行ったとしても、呑気《のんき》に物見遊山などしている暇はないだろう。チャンスはいましかない。ほんとうのインドに触れるのは、いまだ。その思いが、舩後の気持ちをはやらせた。

舩後は旅に出た。妻と、小学校三年生になる娘を日本に残して。それは、丸二ヶ月にも及ぶ、気ままな一人旅だった。

狂犬の声に囲まれ震えおり 蠟《ろう》燭《そく》灯《とも》す安宿の夜

仏教徒われただ一人
仏教の生まれし大地走るバスには
己《おの》が子の手足をあえて切り落とし
物乞いさせるというは真実《まこと》か
ムンバイの沖に眠れる石窟《せっくつ》の島にたたずみ
千年《ちとせ》を想う
幻想の月夜に浮かぶ古城みて
マハラジャ気分しばし味わう

再訪の夢抱きつつ 巴里《パリ》ゆきのエアの真下の印度《インド》みつづけ

インドでは、安宿に泊まり歩いて大冒険をし、その後、パリ経由でベルギーに渡って、ダイヤモンド業界を視察して歩いた。研磨《けんま》前の大量の原石や、日本ではとてもお目にかかることのない大粒の原石を見たのもこのときだ。結局、旅先でもダイヤモンドのことが頭を離れない舩後だった。

旅を終え、新しい仕事にかかろうと意気揚々と帰国した舩後を待っていたのは、信じられない事態だった。いっしょに起業する約束をした上司が、「申し訳ないが、会社を辞めないことにした」と言いだしたのだ。不況が急速に悪化し、信用のない個人が宝石ビジネスに手を出せるような時代ではなくなっていた。実際、バブルの波に乗って独立した知人が、不況のあおりで倒産、自らの命で借金を返済したという話も伝わってきていた。心やさしき舩後には、家族を抱えた上司の決断を責めることはできなかった。

舩後は、路頭に迷うことになった。しかし、会社が有能な舩後を放ってはおかなかった。

学生時代から憧れていたインド。が、旅の間も仕事のことが頭を離れることはなかった。

退職から一年後、舩後は再び会社に復帰する。給料は減らされたが、「マネージャー」という肩書きが、舩後のために用意されていた。恩義を感じないわけにはいかなかった。それほどまでに自分を高く買い、大事にしてくれる会社に、自分は恩を仇で返すような真似をしてきた。大きなお金を動かし、すっかり天狗になっていたのだ。

舩後はそんな自分を深く恥じ、新たな気持ちで会社への忠誠を誓った。

出戻りの我に栄《は》えある肩書きをくれた社長に忠誠誓う

復帰はみごとに成功。舩後は再び目覚ましい仕事ぶりで周囲を圧倒した。

一年後、宣伝部門の責任者が定年退職を迎えたとき、舩後はその後任に抜擢された。宣伝部門は、商品や市場動向、営業施策などについての、マルチな知識と能力が求められる部署だ。華やかな光の当たる、社内でも目立つ部署だった。二ヶ月に一度は、定期的に海外出張に行くようになった。

仕事をはじめると、相当な英語力も求められていたことがわかった。というのも当時、会社はイタリアのスポーツウォッチの輸入を手がけはじめたところ。大切に育て、人気ブランドとして確立しようとしていた矢先だった。イタリアとの交渉は、社長本人が自ら赴《おもむ》いて手がけるほどの熱の入れようだ。舩後は、日本市場のマーケティング報告をはじめとして、さまざまな交渉に、これでもか、というほど英語を使うことになった。赴任後一年間に書いた英文のレポートはA４で四百枚。一年のうち一ヶ月間は海外出張だった。

寝る間も惜しむような仕事ぶりだったが、心身は充実しきっていた。びしっとスーツで身を固め、外国のタフなビジネスマンたちと渡りあう。なかには、モデルと見まごうような美女の担当者もいた。まるで、映画のなかの有能ビジネスマンを地でいくような世界。しかも、会社の命運は、宣伝部が握っていると言ってもいい。舩後は、その宣伝部の責任者なのだ。大きなものを背負うことは、重圧であるよりも快感だった。舩後は、疲れさえ感じなかった。

その矢先だった。十一歳になる愛娘《まなむすめ》と腕相撲をして負けたのは。自分が仕事で忙しくしている間に、娘はこんなにも成長した。舩後はただ、無邪気に喜ぶばかりだった。

【予兆】

指もつれ鞄摑《つか》めぬ通勤路 たすきにかけて若者ぶって

一九九九年七月、旺盛に繁る街路樹の緑は、日一日と勢いを増していく。生命の満ちあふれる暑い夏のはじまりだった。

舩後は一億円の予算で新たな宣伝事業を任されていた。社運をかける大きな仕事だった。張りきる舩後に、その朝、突然小さな異変が訪れた。歯磨きをしようとした手から、ぽろりと歯ブラシが落ちた。脱力感があり、腕に軽いしびれと痛みを感じた。張りきりすぎて、ちょっと疲れが出たのだろうか、と舩後は軽く考え、さして気にも留めなかった。舩後四十一歳十ヶ月、数えで言えば四十二歳の、俗に言う厄年だった。

異変はそれだけに留まらなかった。数日のうちに、通勤の鞄が重くてたまらなくなった。指も言うことを聞かなくなり、把手《とって》がしっかりと握れない。苦肉の策で、鞄を肩からたすき掛けにした。

ウィンドウに映った自分の姿を見て、舩後は苦笑した。数年前から後退をはじめた額の生え際が、いまではくっきりとMの字にはげあがっている。オヤジが若者ぶっているように見られはしまいか、いや、いっそ若者ぶっているふりをしてやり過ごそう、と舩後は思った。

忙しい仕事の合間を縫って、舩後は会社のそばの整体治療院を訪れた。症状を訴えたが、医者の見立てではなく、腕のマッサージをしてもらっただけだった。なんの効果もなかった。腕に思うように力が入らなくては、仕事にも差し支える。それ以前に、他人に気づかれやしまいかと、気が気ではなかった。だれにも弱みを見せたくない舩後だった。

整体がだめならと、町の小さな整形外科に行った。ここでも病名らしい病名はつかず、「四十肩《しじゅうかた》の一種でしょう」と言われた。首の牽引《けんいん》をされ、筋弛緩剤《きんしかんざい》を処方された。改善は見られなかった。

それならば東洋医療を併用してみようと、鍼灸《しんきゅう》治療院へ行く。「全然凝ってないですね。こんな柔らかい筋肉、はじめてです」と言われたが、ここでも病名の見立てはなく、とりあえず腕と首へ鍼《はり》と灸《きゅう》をしてもらった。効果は微塵《みじん》もない。

どこへ行ってもなにをしても、なんの効力もなく、麻痺は静かに、そして速やかに進行していった。

腕の麻痺　四《し》十《じゅう》肩《かた》だと思い込み行った治療所
数限りなし
町医者で筋《きん》弛《し》緩《かん》剤《ざい》処方され
両腕どころか首もうな垂《だ》れ
「お医者さま＝神さま」と思う下町派
誤診されても疑問抱かず

八月に入ると、首がうなだれるようになった。挨拶《あいさつ》でお辞儀をしようものなら、心のなかで「ヨイショ！」と掛け声をかけなければ、頭が上がらない。とはいえ、背筋さえ伸ばしていれば、首が据わり、歩いたり座っている分には、不自由しなかった。

参ったのは、夏休みの家族旅行だった。一人娘は小学校五年生、船後も妻も働いているので、娘は普段、近くに住む船後の両親の家で暮らしている。夏休みぐらいは、親子三人水いらずで過ごしたいと、香港旅行を計画していた。海外出張で鍛えた英語で家族をエスコートして、娘にいいところを見せてやろう、と思っていた。

どうにか出発まで漕ぎつけたものの、体が言うことを聞いてくれなかった。

傍目《はため》には異常に見えぬ俺の腕 ぶらりぶらりと呑気《のんき》に揺れて

大荷物　妻に持たせて手ぶらかな
手の麻痺ゆえの亭主関白

情けなく申しわけなくふがいなし
妻に荷物を持たせる我が

箸《はし》持てず　フォーク頼めど娘《こ》の手前
It's《イッツ》 for《フォア》 me《ミー》.と　給仕に言えず

手上がらず　皿に顔つけ犬《いぬ》食《ぐ》いをしたその頭
元に戻せず

ひと夏で　親父の面子《めんつ》地に落ちん
難病劇のこれプロローグ

九月になった。暑さのなかにも、秋の気配が忍びこむ。夏を越せばきっとよくなる、と漠然と思っていたが、一向に快方に向かわない。首もますますうなだれるようになった。町医者から処方された筋弛緩剤がいけないのだと、と勝手に思いこんで、舩後は通院をやめてしまった。処方された薬も捨てた。

といっても、どうしたらいいのか、さっぱり見当もつかない。

やがて、ペットボトルのふたが開けられなくなった。それでも、大病院で検査してみようという気にはなれなかった。検査となれば、時間もかかる。とてもそんな悠長なことはしていられない。なんとかなるさ、と無理に楽観し、仕事に打ちこんだ。

十月、舩後は社長とともに、香港の取引先を訪れていた。マーケティングと宣伝戦略の打ち合わせのためだった。社長は、会社の根幹に関わるような重大事まで、舩後に相談した。それだけ深い信頼を得ていたのだ。仕事はエキサイティングで、深い充実感があった。高層ビルにあるオフィスの窓から見る摩天楼《まてんろう》の群れと、きらめく香港港。その壮大な風景に、まるで一人で会社を背負っているような、めくるめく喜びを感じていた。

一流のビジネスマンらしく、仕事をてきぱきとこなす。しかし、その陰で、鉛のように重い社長の鞄と、開けられないミネラルウォーターのふたに閉口する舩後がいた。

それでもなお、舩後は「大したことはない」と自分に言い聞かせていた。仕事は絶好調、ここで退却するわけにはいかない。これからがビジネスのほんとうの醍醐味《だいごみ》だ。これしきのことでライバルに引けを取ってたまるか。弱みなど見せたくない。その一心だった。

【不安】

わずかなる段差　やたらとつまずくも　年のせいだと己《おのれ》慰《なぐさ》め

靴先が裂けるほど足ひきずりて
病の影に怯《おび》えはじむる
足萎《あしな》えに舗道《ほどう》も沼を行くごとし
悪しき予感に気持ちも重く
ゆるやかな坂もなるべく避けるよう
町の地形に敏感になり
病院に行けば二度とは戻れぬと予感し
あえて診察受けず

十一月に入ると、とうとう足にまで影響が出た。夜ごと、ふとんのなかで足がつる。目覚めれば、それより苦しい手と首の麻痺が待っていた。歩こうと思っても、足が言うことを聞いてくれない。わずかな段差にさえつまずく。革靴が、やわらかで軽い合成皮革の靴に替わり、それもやがてスニーカーに替えるしかなかった。それも、次々に軽いスニーカーに買い替えていった。さすがの舩後も、悪い予感がした。

この期に及んでなお、大病院に行こうとは思わない舩後がいた。ともかく、仕事が楽しくて楽しくてならない。一分一秒でも長く仕事に関わっていたかった。関わることが喜びだった。

宣伝の先頭に立ってラジオにも出演した。テレビにも宣伝をしかけた。世界的に有名なダイバーを招いて、新作の腕時計の発表記者会見も開いた。時代の最先端を、風を切って突っ走っている快感があった。

ところが、体の方は、音を上げていた。もう、だれの目にも異常は明らかだった。海外からの賓客《ひんきゃく》の出迎えは、舩後の仕事だった。自らハンドルを握って送り迎えをしていたのだが、ある日、とうとうハンドルを回せなくなった。緊急で、上司に運転を代わってもらう、ということもあった。舩後はそれを自分の「失態」だと感じ、残念でならなかった。

十二月に入ると、舌がもつれだし、ろれつが回らなくなった。バランスを崩して転ぶこともあった。心配した同僚が、山梨にある有名な整体治療院を紹介してくれた。「癌でも治してやる」と院長は息巻いたが、なんの効果もなかった。

社長もまた、船後の体調を案じ、芸能人御用達という都内の整体治療院を紹介してくれた。ここで、はじめて見立てが出た。「背骨の歪《ゆが》み」が原因だという。原因があるなら、その原因を除去すれば治るに違いない。船後は、一縷《いちる》の希望を持った。

不思議な治療だった。うつぶせになった腰の脊椎《せきつい》にコップを乗せる。あたためて軟骨を緩ませるのだという。治療師の一押しで背骨が矯正《きょうせい》される、という話だったが、施術してもらっても、なんの実感も得られなかった。結局、いい結果は出なかった。結果の出ないことを社長に伝えるのでさえ、申し訳ないと恐縮する船後だった。

忘年会。いつもならカラオケで歌いまくる船後だったが、喉《のど》の麻痺から音程が取れなくなっていた。音痴な自分……。プロのミュージシャンまで目指したことのある船後にとって、これはなによりも大きなショックだった。

【失態】

二〇〇〇年一月、船後は社長とともにイタリアはミラノへと向かった。その出でたちは、スーツにバックパック。もう、鞄を持つことが不可能になっていたからだ。ファッションの街ミラノの空港に、そんなスタイルで降り立たなければならないことが、元来おしゃれな船後には、悔しくてならなかった。

それでも、社長は「船後を」と指名した。伸《の》るか反《そ》るかの大きな商談だった。社長は、決断のための補佐役に、船後を必要としていたのだ。船後は、いつしか一介の部門責任者という役職の枠を越え、社長の補佐役として会社の根幹に関わる意志決定に参加していた。扱うお金の単位も大きい。スリリングでエキサイティングな仕事だった。ビジネスマン冥利に尽きる、と船後は感じていた。

しかし、体の衰えは隠しようもなかった。

旅《りょ》券《けん》さえ麻痺した手には鉄アレイ
搭乗だけで汗にまみれて
エアポート　バーで気取って　Can I《キャナイ》 have《ハヴ》?
麻痺の手悲し　コーラ犬《いぬ》飲《の》み
麻痺ゆえに息も絶え絶えスイスへと
「見納めだな」と無意識に言う
商売の仲間集《つど》える宿なれど
舌のもつれで隅にひっそり

指の麻痺　ホテルの鍵に大苦戦
素手で木《もく》ネジねじこめるごと
Yシャツのボタンはずせぬ指なれば
着替え横目に着たきり雀《すずめ》
「千葉語か？」と言われるプアなわが英語
ろれつ回らずもはや宇宙語
麻痺進み　沼地かき分け行くほどの
だるさあっても　出張嬉し

散々な目に遭《あ》った出張だった。船後は「社長にとんだ失態をさらしてしまった」と感じていた。それを病気の症状だと思わず、単なる無様なできごと、としかとらえようとしない船後がいた。

しかし、仕事だけは文句なしの大成功だった。船後は、むずかしい仕事を成し遂げた喜びでいっぱいだった。仕事は、紛れもなく船後の生きがいになっていた。

スイスから戻ると、突然、給料が五万円もアップした。社長の取り計らいだった。社はリストラの最中なのに、船後だけは特別扱いだった。それだけ期待されている、そのことが、船後の大きな励みになった。体の不調など、気力で吹き飛ばしてやると思った。

どんなに麻痺が進んでも、指だけは自由に動いてくれた。A4英文のビジネス文書を飛ばすように書き続け、宣伝の原稿も易々《やすやす》とこなした。コンピュータのキーボードもブラインドタッチができたので、文書作成のスピードも他の者には負けなかった。

その指さえ動かなくなる日のことを、船後は内心案じながらも、あえて目を逸らしていた。生きがいの仕事を奪われる日が来るなど、想像もしたくなかった。

動く頃　阿修羅《あしゅら》の如く働いた
幸《さち》よ舞い降れこの俺にだけ
勝つだけが幸《さち》得《う》る術《すべ》と生きてきた
病に負ける身とは思わず

頼みの指さえ徐々に動かなくなり、キーボードを打つことにも困難を感じるようになってきた。背筋がぞっとした。ビジネスマンとしての自分の全盛期はこれで終わった、と感じないではいられなかった。

船後の日常は、もはや泥沼の様相を呈してきていた。地獄だと思ったが、ほんとうの地獄は、その先で待ちかまえていたのだ。このときの苦しみは、まだ単なる序曲に過ぎなかった。

妻の肩　杖《つえ》にするとは情けなや
大黒柱となるべき我が

四階のわが家に向かう階段は
富士山のごと高くそびゆる

毎日がヒマラヤ登山の己《おの》が日々
ただ一歩さえ肩で息して

筋《きん》萎《い》縮《しゅく》性《せい》側《そく》索《さく》硬《こう》化《か》症《しょう》 ALS《エイエルエス》の禍《まが》々《まが》しき名

二〇〇〇年三月、先輩に紹介された千葉県津田沼の整形外科医へと診察に行く。検査をしたが、相変わらず病名がつかない。「ともかく大病院で調べてもらいなさい」と、大学病院の神経内科への紹介状をもらった。診察室を去り際「彼は大変かもしれないな」とつぶやく医師の声が漏れ聞こえた。その声が、耳を離れなかった。

それから二ヶ月後、大学病院での一週間の検査入院の後、やっと病名が明らかにされるときが来た。その病名は「筋萎縮性側索硬化症」通称「ＡＬＳ」。聞いたことのないものだった。

「原因は不明」

「有効な治療法はありません」

「四肢麻痺《ししまひ》になります」

「呼吸停止に陥ります」

「平均三年から四年で絶命します」

「人工呼吸器で延命することが可能です」

担当の女医は、事実だけを淡々と告げた。若い二人の担当研修医は、終始うつむいたままだった。

にわかには信じられなかった。船後は現実感を失った。それでも、自分が全身麻痺のうちに命を終えるのだという、そのことだけはひしひしと伝わってきた。「絶望」というものに、生まれてはじめて向き合った瞬間だった。

一瞬にして、過去と未来の無数の自分の姿が脳裏をかけ抜けていった。ビジネスマンとしての日々が走馬燈のように浮かんだ。ウェディングドレスの娘から妻とともに花束をもらっている未来の自分も見えた。遠い南の島で、まっ赤な夕焼けを見ている老夫婦は、老後を迎えた妻と自分の姿だった。

なんと月並みな陳腐な夢、と思いつつ、自分がほんとうに求めていたしあわせとは、そんなありきたりのことだったのだと、突然、気がついた。そして、そのすべてがガラガラと音を立てて崩れていった。だれもが当たり前のようにして得られる人生が、自分にはもう許されないのだと思うと、涙が溢《あふ》れてきた。

「なにか、ご質問は」と訊《き》かれても、とても口をきけるような状態ではなかったが、それでもなんとか己を鼓舞して訊《たず》ねた。

「呼吸が停止して死ぬときは、苦しみますか？」

「心配いりません。意識が朦朧《もうろう》となり、静かに息を引きとられます」

衝撃のあまり言葉もなく涙を流し続ける舩後をひとり置いて、医師たちは病室を去っていった。


後に、舩後は思った。あれは「告知」ではなく、単なる「告」に過ぎなかったと。病に立ち向かうために知るべきこと、学ぶべきことは山ほどある。それなのに、その「知」の部分がすっぽりと抜け落ちていた。信じられないような過酷な未来を、ポンと目の前に投げだされただけだったと。

その後、舩後は千葉東病院の医師・今井尚志《たかし》と出会い、「告知」という言葉のほんとうの意味を知る。告知とは「告げて」「知らせる」こと。それは今井医師の言葉であり、医療に向かう態度そのものだった。今井医師との出会いが、その後の舩後の運命を大きく転換することになる。しかし、このときはまだ、単に告げられたのみの深い闇のなかに、舩後は置き去りにされていた。

筋萎縮性側索硬化症（Amyotrophic Lateral Sclerosis、通称ＡＬＳ）は、難病に指定されている神経の病気だ。日本では、十万人に五人がこの病気を有し、そのうち二人が発病している。現在、日本には約七千七百人の患者がいるという。ＡＬＳとは、一体どのような病気なのだろうか。

神経のなかでも「運動ニューロン」が侵されるのがＡＬＳの特徴だ。「運動ニューロン」とは、手足や顔など、思い通りに動かせる「随意筋《ずいいきん》」を支配する神経のこと。これが侵されると、脳から出た指令が、筋肉に伝わらなくなってしまう。そのため、筋肉が動かしにくくなり、やがて筋肉がやせ衰える。いずれ、四肢が動かなくなり、寝たきりの状態となる。その進行速度には、個人差がある。

舌や喉《のど》も随意筋なので、しゃべれなくなる。その場合、意思表示は、介護者との間で五十音や数字の書かれた文字盤を介して行うことができる。障害者用に開発されたコンピュータのワープロソフトを使って文章を作ることも可能だ。電子メールやインターネットも利用できるし、打ちこまれた文字を自動音声化して「語る」ことも可能である。コンピュータの操作には、指、足、額の皺《しわ》、眼の動き、などを使うことができる。

舌や喉が麻痺すると、食べ物を飲みこむこともできなくなる。そのときは、胃に孔《あな》を開けて「胃瘻《いろう》」をつくり、直接、栄養を流しこむ。

運動ニューロンは侵されるが、その他の神経は侵されないのが、この病気の特徴でもある。だから、寝たきりになった時点でも、運動ニューロンとは無関係の五感（＝視覚、聴覚、嗅覚、味覚、触覚）は維持される。自律神経も侵されないので、心臓や消化器、膀胱や直腸の働きにも問題がなく、介助を受けることで排泄することができる。また、記憶や言語、知性を司る神経にも原則として障害はなく、知的な活動も損なわれない。

しかし、呼吸は自律神経と随意筋である呼吸筋の両方が作用しているため、病気の進行に伴って呼吸困難が生じる。

発病から、平均約三〜四年で生命に関わる呼吸困難に至ると報告されている。呼吸困難が生じた場合は、人工呼吸器をつけることで、五年程度の延命をすることができる。これは個人差が大きく、発病から二十年以上生存しているケースもある。

人工呼吸器を装着するかしないかは、本人が選ぶことができる。それはつまり、目前の「生か死か」の選択に他ならない。呼吸器装着を拒めば、呼吸困難による死がほどなく訪れる。「生」を望むのであれば、人工呼吸器を装着するしかない。しかし、それは全身麻

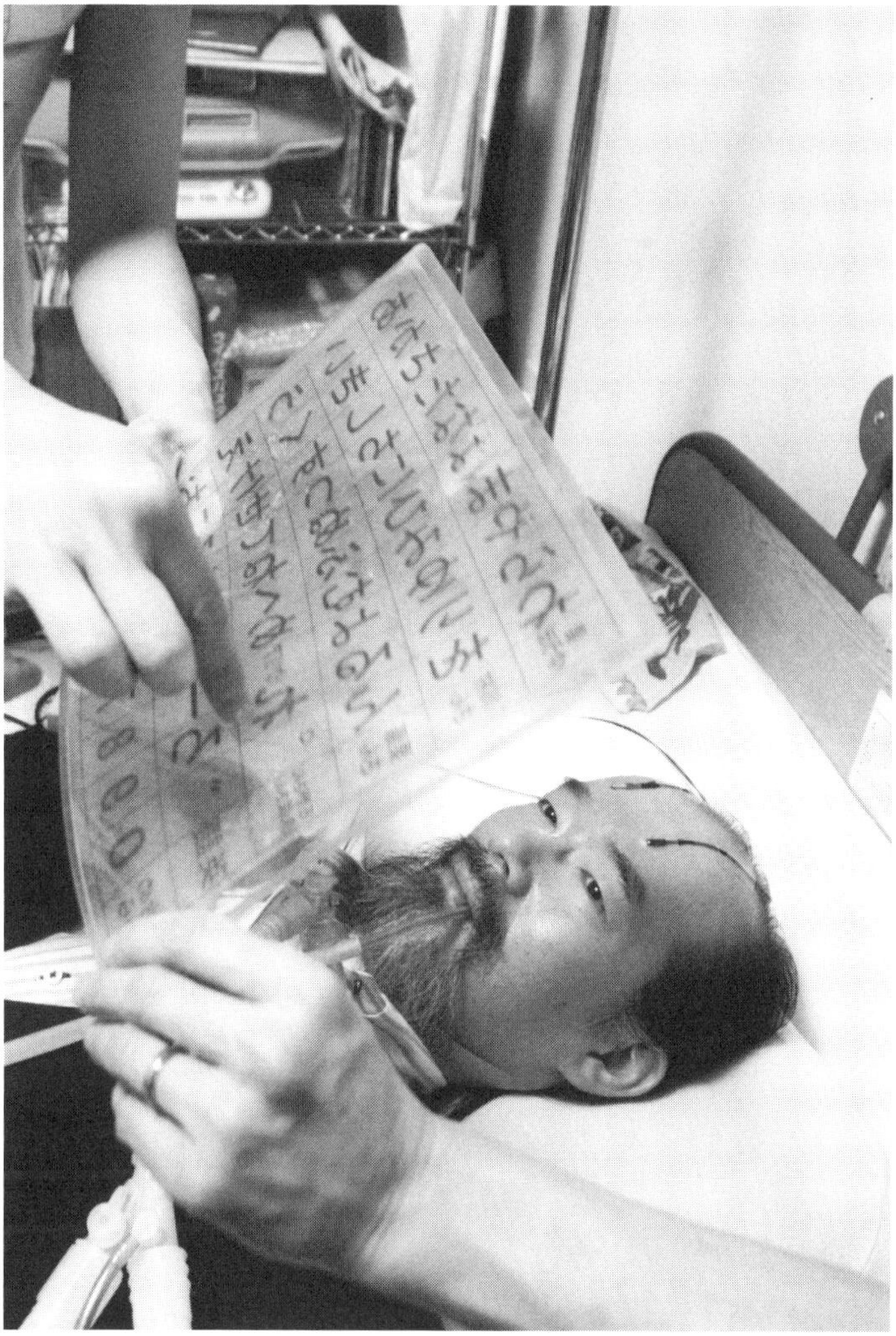

文字盤を通してのコミュニケーション。患者との簡単な意志の疎通に用いられる。

文字盤を使う際には、患者の示す文字を素速く読みとる技術が必要となる。

痺のままでの人生を延長することを意味する。究極の選択である。

近代医療の発展は人類にさまざまな恩恵をもたらしたが、その一方で、患者自身にこのような過酷な選択を迫るようになった。

呼吸器によって延命した場合は寿命が延び、それによって視覚や聴覚が衰えてくることもある。膀胱や直腸も、神経ではなく筋力の衰えによって、排泄がしにくくなる傾向も見られる。

肉体は麻痺していくが、精神活動に大きな影響はない、というのも、この病気の特徴のひとつだ。頭ははっきりしているのに、体がまったく動かない、というのは、患者にとってどれだけ苦しいことか、想像するに余りある。

以前は介護者の手を借りて文字盤で一文字一文字綴《つづ》るしか、情報伝達手段がなかった。しかし、今日では情報機器の発達により、麻痺した体でも操作できるコンピュータが登場している。これを使えれば、介護者の手を借りずに自分自身で文章を作ることができるだけでなく、絵画や音楽などの創作活動の可能性も広がる。

原因にはいくつかの説があるが、まだ確定されていない。

「リルゾール（商品名：リルテック）」という治療薬があるが、これは病気の進行を遅らせるための薬であり、侵された神経を再生するものではない。薬や治療によって、元の元気な体に戻る手段は、残念ながら現在のところ、ない。つまり、不治の病である。

平たく言えば、こうだ。進行の速度は違うが、この病気にかかると、いずれ四肢が麻痺して寝たきりになり、しゃべることも、食べることもできなくなる。しかし、五感は残り、思考力も衰えない。胃瘻から栄養を摂《と》り、人工呼吸器をつけることで延命ができる。その場合、呼吸器装着後の余命は平均五年。人工呼吸器をつけない場合は、平均三〜四年と言われている。人工呼吸器を装着するかしないかは、本人が選ぶことができる。

原因は不明、進行を遅らせる薬はあるが、完治することはない。

さらに加えれば、発症の仕方には、大きく二つのタイプがあるという。一つは、手足の麻痺からはじまるもの。ＡＬＳ患者の約四分の三が、このタイプだという。もう一つは、舌や喉の筋肉が弱まるタイプ。食べ物や唾が飲みこみにくくなってむせたり、ろれつが回らなくなってコミュニケーション障害が起こる。舩後は、前者のタイプだった。

こんな病気だといきなり告げられれば、どんな人間でも大きなショックを受けないわけにはいかない。企業戦士として精神を鍛えに鍛えてきた舩後もまた、例外ではなかった。いや、仕事に生きがいを見出してきたからこそ、その仕事ができなくなる人生など考えられなかったのだ。頭のなかを巡るのは、ただ死にたいという思いだけ。全身麻痺などで生きながらえたくない。家族に迷惑をかけたくない。いますぐ楽になりたい。眠っている間に死んでしまいたい……。

どれくらい時が経ったのか。ベッドの上で茫然《ぼうぜん》としていた舩後のもとに、病名を告げられたときに同席していた若き研修医が戻ってきた。そして、舩後を見つめ、静かにこう語った。

「千葉東病院にいらしてみてください。いろいろな生き方があります。どうか結論を急がないでください」

研修医は舩後を正面からじっと見つめていた。見れば、その目には涙さえ浮かんでいる。偶然のことだったが、研修医の父親は、舩後と同じ病に侵されていた。そのため、舩後の苦しみや絶望も、わがことのように感じ、黙っていられなかったのだ。研修医は専門の病院や医師についてもよく知っていた。それゆえの進言だった。

絶望のどん底に置き去りにされた自分のもとに、若き研修医が戻ってきてくれたことを、舩後は心底ありがたいと思った。検査をしただけの患者に、これほどまでに親身になってくれるとは、と心も動いた。その一方で、別の病院に行ったからといってなんになるんだ、という捨て鉢な思いもあった。どうせ死ぬんだから、と。

そのときの舩後は、ただ死ぬことしか考えられなかった。

しかし、傷ついた心に刻まれた研修医のその一言が、後に舩後の人生を大きく変え、生きる道を見出すきっかけとなった。


【絶望】

何をする気力も湧《わ》かず引きこもる
ただ絶望の海に溺《おぼ》れて

病名を告げられてからしばらくのことを、舩後はよく覚えていない。それほど大きなシ

ョックだった。検査入院から戻った舩後は、もう会社にも顔を出さなかった。ただ絶望だけが舩後の心を支配していた

「どの道、死んでしまうんだ。この先、なにをしても意味がない、だれに会ってもしょうがない」

そう思った舩後は、自ら社会とのつながりを断ち、自宅に引きこもった。

することといえば、漠然とレンタルビデオを見るだけ。それとて、面白くもなければ、筋も頭に入らない。まるで生ける屍《しかばね》のように、モニターの前の椅子に横たわったまま、日々は無為に過ぎていった。

「絶望は、目に見えない凶器だ」と舩後は、後に回想する。それは、心と体をじわじわと蝕《むしば》んでいった。きのうまで動いていた体が、きょうはもう動かない。この時期、病状は急速に悪化した。悪化するほどに、心のなかで焦燥感が高まっていった。

病名が判明してから一ヶ月後、舩後の勤めていたS時計貿易が倒産したとの知らせがあった。言いようのないさみしさがこみあげてきた。万が一回復して、元気になれたとしても、もう戻る場所はないのだ。

病気は進行する。会社も倒産した。最悪の人生……。

しかし、人間どん底まで落ちこむと、もうそれ以上落ちられない。陰極まって陽となる

というが、どん底からは、這いあがるしか道はない。

「このままではいけない。父らしく、夫らしくいるためにも、なんとか治し、この先の生き方を考えなくては……」

そう思ったとき、舩後はふと、あの若い研修医の言葉を思いだした。

「千葉東病院にいらしてみてください。いろいろな生き方があります」

舩後はすがるような気持ちで、担当医に千葉東病院への紹介状を頼んだ。


【否定】

「治らん」と医師はサラリと我に告ぐ 死する病を風邪のごとくに

「不治」という単語ばかりが聞こえくる病名告げる医師の唇

大学病院で病名が判明してから一ヶ月を経た二〇〇〇年六月、船後は妻とともに千葉東病院の神経内科を訪れた。医長の今井尚志《たかし》医師は、日本でも珍しいALSの専門医だった。

「専門医であれば、なんとかしてくれるかもしれない」

絶望の果て、治癒への一縷《いちる》の希望を抱いて受診した船後に、今井医師はALSの真実の姿を、ていねいに、じっくりと説明した。穏やかな口調だったが、その内容は容赦なかった。病気を理解し、真実を受け止めることこそが、患者にとって一番大切なことだというのが今井医師の信念だった。そこからしか、病気に立ち向かう勇気も生まれないのだ、と。

しかし、それは船後にとってはあまりに過酷なことだった。船後はこのときまで、自分だけは奇跡的に治るかもしれないという、根拠のない希望を持っていた。しかし、それは無惨に打ち砕かれた。船後が楽観を口にするたびに、今井医師は、これでもかというほどきびしく否定したのだ。船後は、顔面蒼白になり、あぶら汗を流し、いまにも倒れそうになった。ＡＬＳが全身麻痺から死に至る不治の病であることを、嫌というほど自覚させられた。あまりのショックに茫然《ぼうぜん》として、具体的になにを言われたのかよく覚えていないのだが、結論の「ＡＬＳは不治」ということだけは、身にしみた。その言葉が、エンドレスの念仏のように頭をかけめぐっていた。

診察を終え、妻の運転する車に乗った船後は、押し黙ったままだった。妻も、言葉のかけようがなかった。どんな慰めを言っても、空々しいばかりだからだ。妻が車を発車させると、船後はただ、そこを右へ、次を左へ、と言葉少なに指示を出した。

どこへ行くつもりかわからないまま、妻は黙って運転を続けた。

車の着いた先は、バンド仲間だった藤城の会社だった。船後は「二人だけで話したい」と藤城を呼びだし、車のなかで、自分はＡＬＳという病気だと告白した。ＡＬＳという病名さえ聞いたことのない藤城は、思わず「なにそれ？　エイズの仲間？」と訊《き》き返した。

「半年で歩けなくなる。そして、息もできなくなって、窒息して死ぬんだ」

それが、船後の返答だった。藤城は言葉を失った。かける言葉も見つからなかった。ただただ涙が溢れてきた。藤城は、やっとの思いでこう言った。

「半年動けるなら、動けるうちにみんなで遊ぼうよ」

藤城からバンド仲間や幼なじみへと、船後の病気が伝えられた。

この日から、友人たちは、週末になると舩後を誘いに来た。温泉へ、バーベキューへと、舩後を外に連れだしてくれた。忙しさのあまり、一時途絶えていた家族ぐるみのつきあいが復活した。温泉に行けば、ひとりで服を脱げない舩後のために、友人たちが手を貸してくれた。だれも、見えすいた気休めなど言わなかったが、心から舩後のことを思ってくれた。それをひしひしと感じる舩後だった。

それでもなお、舩後の心は晴れなかった。医師の言葉通りに、徐々に失われていく体の機能。不可逆な、治らない病気だということを、どうしても認めたくない自分がいた。たとえそうでも、自分にだけは、奇跡が起こると信じたかった。

千葉東病院の今井医師のもとへは、月に一度、定期的に通うことになった。二度目の診察は七月だった。舩後は「恨みを晴らすため」に今井医師のもとに向かった。前回はひどいショックで口もきけなかったが、家に戻ってよく考えると、今井医師のやり方は、あまりに横暴で情け知らずに思えた。すがる思いで来た患者に、なにもそこまであからさまにALSの現実を見せつけることはないではないか。医は仁術というではないか。事実を告げればそれで事足りるわけじゃないんだ。患者には体だけじゃなくて心もあるんだ。心が傷つくんだ。あなたにはそれがわからないのか。人情というものがひとカケラもないのか。

前回はショックでなにも言えなかったが、今度こそ、言いたいことを言ってやる、思いきり文句を言ってやる、と勢いこんで、舩後は出かけた。

本人はまるで気づいていなかったが、実はこのとき、舩後はすでに今井医師の術中にはまっていた。大学病院でALSだと事務的に告げられたときは、もちろんそれが最初だったということもあるが、怒りの気持ちすら湧《わ》かず、ひたすら落ちこむばかりだった。ところが、今回はなぜか、ムラムラと怒りがこみあげてきたのだ。人間、怒るとパワーが出る。そのパワーを引きだすことこそが、今井医師の目的だった。舩後は、さあ、きょうは存分に文句をつけてやるぞ、と張りきって千葉東病院に向かった。

今井医師は、一枚上手だった。やってきた舩後に、開口一番、こう言った。

「あなた、一家の大黒柱ですよね。稼がなくちゃなりませんよね。いままでの人生、リセットをかけてゼロにしてください。そして、いまここから自分になにができるか、どうしたらお金が稼げるかを、本気で考えてみてください」

舩後は口をあんぐり開けて、今井医師の顔を見た。

一体、この医師はなにを言っているんだろう、これから全身麻痺になろうとしている人間に、なにか稼げるものを探せ、などと、無茶にもほどがある。患者の気も知らないで、とますます怒りが湧いてきた。第一、リセットをかけろなど、こいつは俺のしてきたことをすべて否定する気なのか、と思うと、ますますムカムカした。
「そんなこと、できるわけないじゃないですか」
ろれつの回らぬ舌で、舩後は即座に否定した。舌が自由に動くなら、早口で山ほどの文句を言ってやりたい。それができない自分が、もどかしかった。

病状は、日を追って悪くなっていった。相変わらず、引きこもりの状態が続いていた。前向きなことは、なにも考えられなかった。それでも、今井医師のことを思うと、ナニクソという気持ちになった。

八月、舩後は検査のために、千葉東病院に一週間の入院をした。まだ歩くことのできた舩後は、同じ病気で入院している人々の病棟を回ってみた。そこで、舩後はひどいショックを受けた。

競《せ》り前の鮪《まぐろ》か屍《かばね》か
ぴくりとも動かず天井見つめてる人
麻痺ゆえに亡《なき》骸《がら》のごと寝る人に
わが未来見て膝《ひざ》の震える

これが数ヶ月先の自分の姿なのかと思うと、足の震えが止まらなくなった。絶対に違う、自分はこんな風にならない、なりたくない、なるはずがないと、大声で叫びたかった。舩後の心には、否定だけが渦巻いていた。病気の現実を、どうしても受け容れられなかった。

今井医師の診察は月に一度、行けばたっぷり一時間は時間を取ってくれ、そのとき困っていることを聞いて、しっかり指導してくれる。呼吸が苦しいときはどういう姿勢で寝たらいいのか、手すりをつけるなど、どんな工夫をしたら家での生活がしやすくなるのか、物が飲みこめなくなったり、しゃべれなくなったとき、どう対処したらいいのか。障害者として受けられる公的な援助には、どのようなものがあるのか。どのように申請したらいいのか。将来の麻痺に備えて、いまどんな準備をしたらいいのか。

今井医師自らが監修した五冊のテキストには、それらがわかりやすく記されていた。ひと目で理解できるビデオテープもあった。それを教材にして、今井医師はひとつひとつ「いま、やるべきこと」を提示していった。そして、一ヶ月後の受診のときまでにしてくるべき「課題」を出したのだ。

船後は「人生をリセットしろ」と言われたことで、いたく傷ついていた。悔しくてならなかった。もともと負けん気の強い船後である。だからこそ、熾《し》烈《れつ》なセールスの世界でも、のしあがってきたのだ。見返してやりたい、自分の実力を見せつけてやりたい、その一心で、船後は「課題」に取り組んだ。

ＡＬＳという病気を理解しようとしたわけでも、自分の病気と正面から取り組もうとしたわけでもなかった。ただ、今井医師を見返してやりたかったのだ。

やがて秋が来て、舩後は四十三歳の誕生日を迎えた。大黒柱である舩後が倒れたため、家計は妻が支えることになった。娘は東京の私立中学に進学していた。家賃も学費も医療費も、すべて妻が稼ぎださなければならない。加えて、舩後の介護もしなければならない。そのすべてを妻一人でこなすことは不可能だった。一家は、近くに住む舩後の実家に移り住んだ。昼間は、舩後の実母が、彼の面倒を見た。

家族や友人たちのあたたかいサポートがあったし、今井医師を見返してやりたいという気持ちもあった。にもかかわらず、舩後は相変わらず後ろ向きだった。ともかく速やかに苦しまずに人生を閉じたい、と願うばかりだった。後に「引きこもり時代」と呼ぶ日々が続いていた。

発症から二十一ヶ月を迎えた二〇〇一年四月、舩後はまだ自分の足で歩くことができた。まだ歩けるんだ、ＡＬＳなんかじゃない、誤診だ、どいつもこいつもヤブ医者だ、という気持ちを拭えないでいたある日、階段の上で足が突然、痙攣《けいれん》した。まるでプールに飛びこむように、舩後は階下へと転落した。

麻痺の足　我とわが身を突き落とす
階段の果て奈落《ならく》の底へ
わが額ざっくり柘榴《ざくろ》のごとく割れ
不条理ダリの絵画のごとし
奈落《ならく》へと転がり落ちて得たものは
千々《ちぢ》に砕けし自尊心かな

麻痺した両腕は、なんの役にも立たず、顔面で着地。壊れた眼鏡のフレームが眉間に突き刺さり、辺りは血の海になっていた。

なぜこんな目に遭《あ》わなくてはいけないのか。あんなにいきいきと風を切ってビジネスの最先端を走っていた俺が、何億という金を動かしていたこの俺が、どうしてこんな無様な目に遭わなければならないんだ。哀しみと怒りのないまぜになった感情に、船後は振り回されていた。

【受容】

階段での怪我は、船後の額と心に大きな傷あとを残した。

それから半年後の二〇〇一年十月、船後は四十四歳の誕生日を迎えた。

病状はますます進行し、とうとう自力で立つことができなくなってしまった。松葉杖《まつばづえ》も役には立たない。杖を握る握力も、支える腕の力もないからだ。

やがて、呼吸も苦しくなってきた。呼吸筋も衰えはじめたのだ。

舌も萎縮《いしゅく》し、とうとうしゃべることもできなくなった。会話は文字盤かコンピュータを通じてするしかなくなった。

すべてが、医師が示したとおりの順番で進行していた。死の足音が、ひたひたと迫ってくるのを、船後は感じていた。発症から二年三ヶ月、病名を知ってから一年半、船後はようやく、自分が不治の病であることを受け容れざるをえなくなっていた。

歩きでは最後と行った散歩道
地に素足つけ別れを惜しむ

【気管切開】

吸いこめど吸いこめどなお吸いこめず
苦しさに胸搔《か》きむしりたし

「生きたけりゃ喉《のど》かっさばけ」と医師が言う 鼻では酸素間に合わないと

呼吸筋はみるみる衰えていった。力一杯息を吸いこんでも、まだ息苦しい。吸いこめる空気が少なくて、酸素が足りないのだ。胸を掻《か》きむしるような思いだが、腕さえ動かない。このままなんの処置もしなければ、死を待つばかり。

死から逃れる手段は、気管切開をして人工呼吸器を装着すること。しかしそれは、全身麻痺で身動きがとれないまま、ただ天井だけを見つめて生きる時間が延長されることを意味していた。

そんな姿になって、生きていく価値などあるだろうか、とそのときの舩後は思った。家族に迷惑をかけたくない。自分だってそうまでして生きながらえたくもない。

主治医は、せめて「気管切開」だけでもしたらどうだろうか、とすすめた。吸いこむ力が衰えていても、気管を切り開いてそこから自力で直接空気を吸えば、現時点なら充分な酸素を取りいれることができる。機械に頼るのではなくて、自分の力で生き延びる工夫だ。

しかし、舩後はそれも否定した。
そうしているうちに、誤って唾液を気管に入れてしまった。いわゆる「誤嚥《ごえん》」だ。舌や喉の筋肉の衰えによって起こる症状だった。誤嚥は、肺炎を引き起こす。急遽《きゅうきょ》、気管切開がなされることになった。誤嚥防止のため、喉が切り開かれ「カニューレ」という器具が取りつけられた。

女医さまが喉すっぱりと切り裂けば
濁《だく》流《りゅう》のごと満ちいる酸素
喉の孔《あな》　部品で塞《ふさ》ぎオペ終了
絡《から》繰《く》り人間一丁上がり

メスに喉を裂かれたときの不思議な感覚を、舩後はいまも忘れられない。新鮮な酸素が、まるで濁流のように、体の隅々の毛細血管に至るまで、一気に流れこんだように感じたのだ。そしてそれが、そのままエネルギーに変わり、体中に力が満ちていくような気がした。もう、どこにも息苦しさなどなかった。

舩後はこのとき、完全に「声」を失った。舌の麻痺により言葉は失っていたが、声だけは出すことができたのに、その声さえも、未来永劫《えいごう》失ってしまった。

しかし、そのことのデメリットよりも、空気が喉から直《じか》に取れるというメリットのほうがずっと大きかった。息苦しさから解放され、力が湧《わ》いた。気力も出てきた。酒場に行って冷たいビールの一杯でも飲み、祝杯をあげたいような気分だった。

目に見えない空気というものが、命を、自分を支えていてくれるのだ、ということを、舩後はこのとき、痛いほど実感した。空気とはありがたいものだとつくづく感じ、人は普段、空気を軽《かろ》んじているとさえ思うのだった。元気なときには、考えもしないことだった。

時は二〇〇一年の暮れ、新しい年が目前だった。

経過良く体に酸素漲《みなぎ》れば 娑婆《しゃば》の空気が恋しくなりぬ

【胃瘻《いろう》】

年が明けて間もなく、寝返りが打てなくなった。気がつけば、天井を見たきりの自分になっていた。気管切開により、舩後は人工呼吸器なしで生き延びることができたものの、病状は音もなく確実に進んでいった。

春を迎える頃になると、口からの食事ができなくなった。噛むことも、飲みこむこともできない。「腹部に、胃まで貫通する孔《あな》をあけ、そこからチューブで流動食を流しこんで栄養を摂《と》りましょう」と医師にすすめられた。この孔は「胃瘻」と呼ばれる。舩後はこれを頑なに拒み、断食僧のような日々を送った。

チューブから栄養摂取サイボーグ
我は人なり手術を拒む

病から味わいの幸《さち》捨て去るは
地獄で舌を抜かれるつらさ

食えぬ日々続いてふっと気がつけば
鏡のなかでミイラが笑う

二十一世紀に餓死もなかろうと
胃瘻を造る手術承諾

餓死寸前で、舩後は手術を承諾した。胃瘻をつくり、チューブから流動食で栄養を補給するようになった。手術前、骨と皮になった舩後だったが、胃瘻のおかげでふっくらとした頬が戻ってきた。

以来、舩後は口からは、まったく食べていない。味覚は失っていないのに、食べる楽しみは永久に失われてしまった。

舌抜きで胃袋へ行く栄養剤
これフルコース　餓え凌《しの》ぐのみ
湯気たてる料理を舌が思いだし
唾溢《あふ》れくるテレビ番組

【提案】

二〇〇二年五月、胃瘻形成の手術のため、千葉東病院に入院したときのことだ。舩後は、今井医師からある提案を受けた。

「舩後くん、ひとつ頼みがあるんだ。他の患者さんの役に立ってくれないかね。ピ、ア、サ、ポ、ー、トをしてほしいんだ」

耳慣れない言葉だった。ピアサポートといえば、仲間同士の助け合いのことだ。寝たきりの自分に、一体なにをしろというのだろうと、舩後は思った。

「新しくALSの告知を受けた人へ、なにかアドバイスになることを言ってあげてほしいんだ。患者さんは、わたしが病棟まで連れていく。きみは『伝《でん》の心《しん》』を使って文章が書けるだろう。それを使って、話してみてくれないか」

「伝の心」は、障害者のために開発されたコンピュータによる意思伝達装置だった。微妙な動きも拾いあげることのできるセンサーをマウス代わりにして、画面上に表示される文字盤を使い、ワープロのように文章を作成することができる。インターネットを通じて遠方との電子メールのやりとりもできる。そればかりか、その文章を、自動的に音声に変換して読みあげることもできるのだった。その声を使えば、その場での会話も可能だ。

もともとブラインドタッチでキーボードをたたき、大量のビジネス文書を作成してきた舩後だ。「伝の心」の操作を習得することなど、いとも簡単なことであり、当時すでに使いこなしていた。最初は指、指が麻痺すれば足、この頃には、残っている額の皺《しわ》の機能を使って、自由に文章を作成していた。それが、彼の声であり、言葉だった。

病院のベッドに横たわっていても、どうせなにもすることもない。テレビを見るか、音楽を聴くか、たまに電子メールを打つくらいだ。時間はありあまるほどあった。多少なりともなにかの役に立てるなら、ピアサポートとかをやってみようか、と舩後は軽い気持ちで思った。はっきり言って、死までの待ち時間の「暇つぶし」程度の気持ちでしかなかった。それが、人生の大きな転機になるとは、そのときは、露《つゆ》思わなかった。

時だけはうなるほどあり
病得《やまいえ》しこの身のゆえの時間贅沢《ぜいたく》

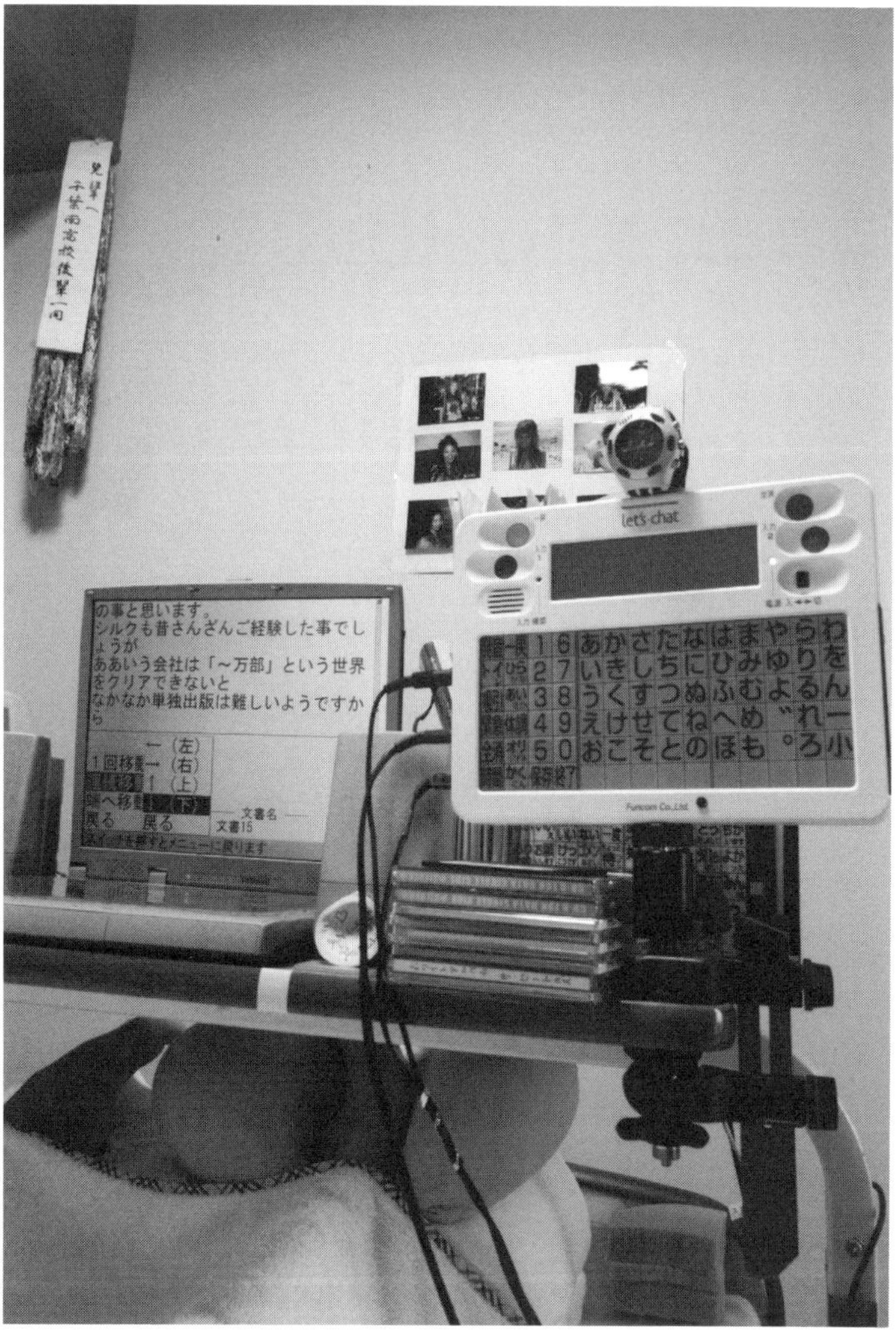

自らの肉体では喋ることも書くこともできない舩後にとって、
「伝の心」（写真左のパソコン）はコミュニケーションに欠かせない道具だ。

遺書に代え日々の徒然《つれづれ》書きつけん
動けぬ我のよき暇つぶし

【迷い】

ＡＬＳと告げられてから、丸二年が経っていた。呼吸筋は衰え、気管切開の効果も徐々に薄らぎ、再び慢性的な酸欠状態に陥っていた。このままではもう長くはないと、医師にもはっきりと告げられていた。

ある日、今井医師が枕元に来て「きみも、そろそろだね」と言った。そろそろ酸欠で死ぬのか、そろそろ人工呼吸器をつけるときが来たのか、医師はあえて言わなかった。無理な誘導はしない。決定は、あくまでも本人の意思に任されていた。最終選択のときが刻々と迫っていた。

病名を知ったとき、船後は人工呼吸器などつけるものか、と即座に思った。生き続けることの方が、死ぬことよりもずっと恐ろしいことに思われたからだ。

理由は三つあった。一つは仕事。病とはいえ、競争社会から退かねばならなかったのは、痛恨の至りだった。舩後は、自分を「負け犬」だと感じていた。競争に参加することのできない負け犬の人生に、なんの意味があるだろう。生き恥をさらすぐらいなら、死んだ方がましだ、というのが、そのときの舩後の価値観だった。病に倒れはしても、精神の軸足は、企業戦士にあったのだ。

二つ目は家族。舩後は、介護のつらさを知っていた。舩後の母が、夫の両親を十五年間にわたり介護してきたからだ。そのうち十年間は、二人ともが寝たきりだった。まだ福祉も整っていない時代、それはあまりにも過酷で壮絶なことだった。舩後の病気を知ったとき、母親は「呼吸器をつけて、生きてほしい」と願った。「おまえの面倒は一生わたしが見るから、なんの心配もすることはないから」と、何度も舩後に言った。実家で母の世話になってからも、母はそう言い続けた。言われるほどに、年老いた母に、もうこれ以上介護のつらさを味わわせたくない、と思う舩後だった。

少年時代、祖父母が衰え朽ち果てていく姿を目の当たりにしたことも、舩後にとっては、思いだすこともつらいようなできごとだった。今度は、自分がそんな姿をさらすことになるのだ。愛する妻や娘に、自分が朽ちていく無惨な姿を見せたくない。普段から人一倍身なりに気を遣う舩後は、なおさらそう思った。

もう一つ、自分の病名を知る直前に見たテレビ番組のことが、頭から離れなかった。それは難病の夫を介護する妻の日常を追ったドキュメントだった。夫は、眼球さえ動かすことのできない完全な全身麻痺で、意思疎通もできなかった。番組は、妻の献身的な介護に光を当てていたのだが、日々衰えゆく体に不安を感じていた舩後は、横たわる病人にしか目が行かなかった。舩後は思った。あんなのは絶対に嫌だ、俺には我慢できない、とても耐えられない、と。痛くても痒《かゆ》くても、なにも言えない。喜びも哀しみも、一切表現できない。ただ忍耐の人生など、地獄以下に思え、生きる価値を見出せなかった。

仕事もできない、家族にも迷惑をかける、麻痺が恐ろしい、寝たきりで指一本動かせない屍《しかばね》のような人生になんの意味があるのか。それが舩後が人工呼吸器を装着しないと決めた理由だった。最終決断を迫られたこのときに至るまで、その決意は微塵《みじん》も揺らぐことがなかった。揺らがずに死を迎えるのだろうと、本人は信じて疑わなかった。

あの時の俺　動くのは指のみで殺してくれと日々神頼み犬のごと管《くだ》につながれ生きるのは人ではないと呼吸器渋り

　ところが、舩後本人も予期せぬ心の変化が起きた。「人工呼吸器はつけない」という信念が、揺らぎだしたのだ。「暇つぶし」のつもりではじめたピアサポートが、そのきっかけだった。

　今井医師が舩後の病室に連れてきたのは、告知を受けたばかりの患者だった。大きな不安に押しつぶされそうになっていることが、舩後の目からも、ありありと読んで取れた。

　ああ、あれは二年前の自分だ、と舩後は思った。そして、ここに横たわっている自分は、あのとき、病棟で見た動けぬ患者たちと同じ姿をしている。為《な》す術《すべ》もなく、天井を向いたまま横たわる人。まるで生ける屍《しかばね》だ、と自分はそのとき思った。人間ではない、あれではモノだ、チューブにつながれてあんな姿になってまで、生きる価値などない、と。

　ところがどうだろう。こんな状態になって、いまここにいる自分は、屍でも生き地獄でもない。自分の声ではしゃべれないが、文字盤や「伝《でん》の心《しん》」を使って看護師に意思を伝えることができる。友や家族とも電子メールで語りあえる。それどころか、見知らぬ人ともこうして音声で語りあうことさえできるのだ。

　寝たきりの生活とは、かつての舩後が思い描いていたようなものではなかった。

　だからといって、この人生を全面的に肯定できるわけではなかったが、少なくとも以前思っていた「寝たきり」のイメージとは、ずいぶん違うことだけは確かだ。

　ピアサポートといっても、大した話をしたわけではなかった。どのように病状が進んだのか、どんな対応をしてきたのか、訊《き》かれるがままに、淡々と事実を述べただけだった。

　それなのに、不安に満ちていた患者の表情が、少しずつ和らいでいくのがわかった。一見、屍のように見える舩後が、しっかりと語り、会話もできる。普通の人と変わらない。そのことに、患者は驚きを感じているようだった。「ありがとうございます」と言われたとき、舩後は自分でもなにかの役に立ったんだ、と感じた。それは、舩後がいままで知らなかった喜びだった。

新患に聴かせてみれば皆《みな》涙《なみだ》
己《おのれ》の未来知った辛さで
俺も人　涙より笑《え》みつい見たく
同病の友にエールを綴《つづ》る

いくら稼げるか、会社にどれだけの利益をもたらすか、どれだけ大きな仕事を任せてもらうか、それだけが人生の尺度だった。喜びだった。競争でトップに立ててばうれしかったが、勝利の美酒をともに味わう戦友は、会社にはいなかった。

それがどうだろう。自分の一言が、病名を知らされて不安でいっぱいの患者さんの心を、少しでも和らげてあげることができた、ありがとう、と言ってもらえた。それだけで、うれしい自分がいた。心がぽっとあたたかくなった。お金ではなく、それが報酬に思えた。

企業戦士の価値観に置いていた軸足が、わずかにずれた瞬間だった。

新しい患者との会見だけではなく、船後は、同じ病気や麻痺に苦しむ人々と電子メールを交わすようにもなった。それもピアサポートの一環だった。

一ミリを万里《ばんり》と思う麻痺なれど
メールは翼　友はすぐそこ

「高熱でつらい」と友のメールあり
わが身も火照《ほて》る　千キロを越え

メールこそ　今様《よう》愛の伝道師
彼方《かなた》からでも思い告げられ

舩後は迷いはじめた。呼吸器はつけずに人生を全うする、とあれほど固く決意してきたのに、それが揺らぎだした。

一旦揺らぐと、心の奥底から一気にさまざまな思いが湧《わ》きあがってきた。抑えられていた熱い思いが、マグマのように噴きだしてきた。

俺も人の子だ。娘の成長を見たくないわけがない。やっと射止めた憧れの君である妻と、一日も長くいっしょにいたい。できれば、ともに白髪の生えるまで睦《むつ》まじく暮らしたい。親より先に死にたくない。母は「呼吸器をつけてくれ」と懇願《こんがん》している。それを拒否して、まるで自殺のようなやり方で死んで、悲しませたくない。

呼吸器をつけて過酷な生を生き続ける勇気を持つのか、それとも呼吸器をつけずにこれがわが寿命と受け容れる勇気を持つのか。舩後は究極の選択を迫られていた。

地獄かな　自宅介護で生きる道
倒れる家族救う術《すべ》なし

闇が言う　断てよ命を己《おの》が手で
家族を襲う地獄は永久《とわ》ぞ
天が言う　保て命を苦しくも
妻子守るが汝《なんじ》が務め
寝たきりの我にいとしき妻と子を
守る術なし　逝《い》くことが愛
子を見れば生きたくなるが
介護苦は与えられじと　迷い振りきる

呼吸器をつけずに死ぬと決めし夜《よ》に
娘《むすめ》の目見て無言で詫びる
呼吸器を外し家族を捨て死ぬもよいが
あたかも自殺のごとし
医者いわく「このまま死ぬのは勝手だが
今やれる事やれ　人ならば」
隣室の呼吸器の音洩《も》れ聞こゆ
健気《けなげ》に生きる友そこにあり

死を望む我に生きよと告ぐる声
廊下に響く呼吸器の音

【呼吸器】

舩後は、止まぬ頭痛と、貧血のように目の前がまっ暗になる「暗視」という症状に、しばしば苦しめられていた。意識が朦朧《もうろう》としはじめれば、きっとその一歩先には死があるのだろうと、わかっていた。

それでも、舩後はまだ選ぶことができなかった。生きる勇気が出なかったのだ。

そんなある日、隣のベッドで療養中だった男性の容態が急変した。数日前まで家族と談笑していたのに、突然、呼吸困難に陥って危篤《きとく》となり、息を引き取ってしまったのだ。

空になったベッドを見て、舩後は思った。いつまでも決定を先延ばしにするわけにはいかない。悩んでいるうちに、死神が自分をさらっていくだろう。そう思うと、いてもたっ

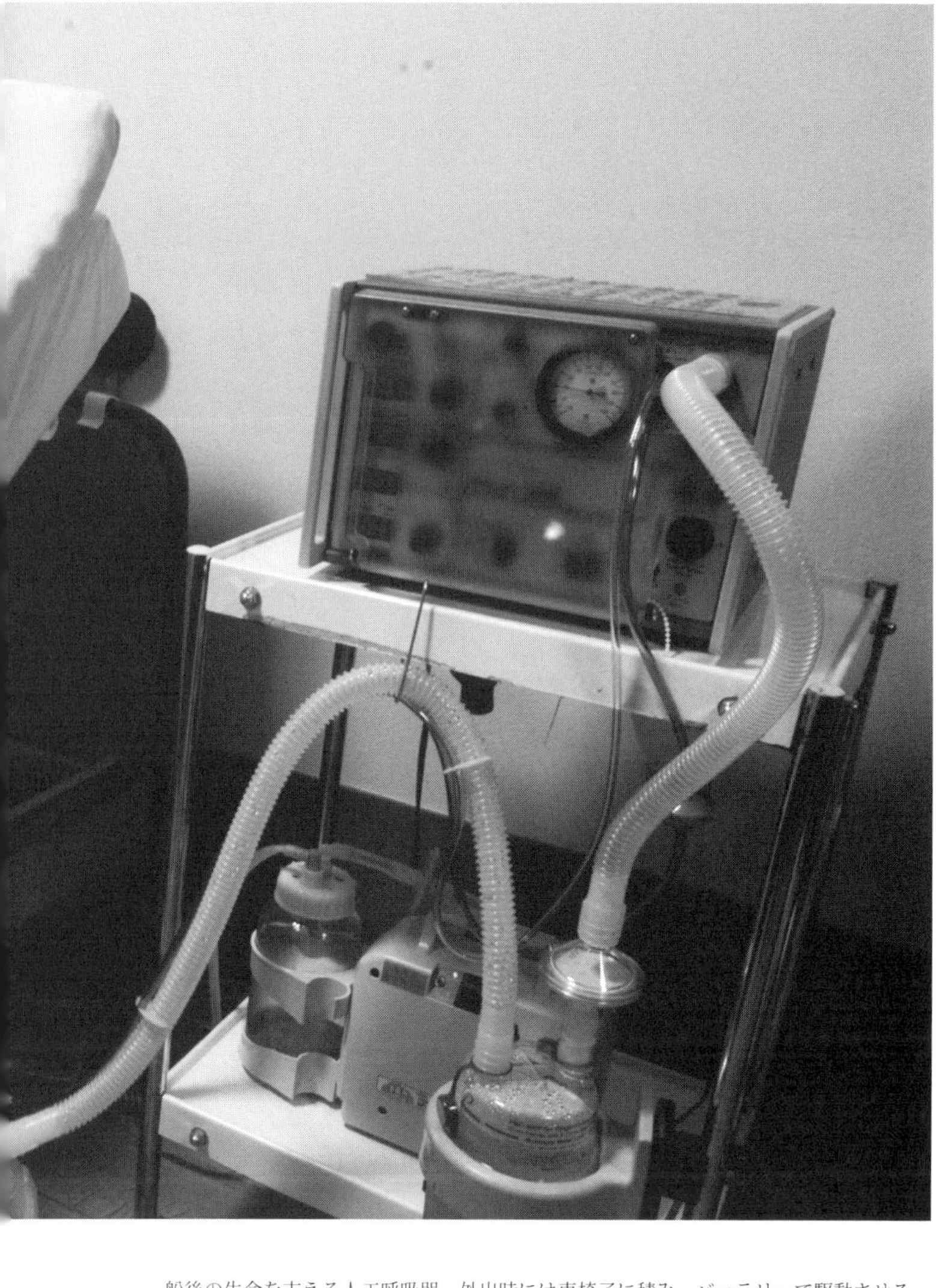

舩後の生命を支える人工呼吸器。外出時には車椅子に積み、バッテリーで駆動させる。

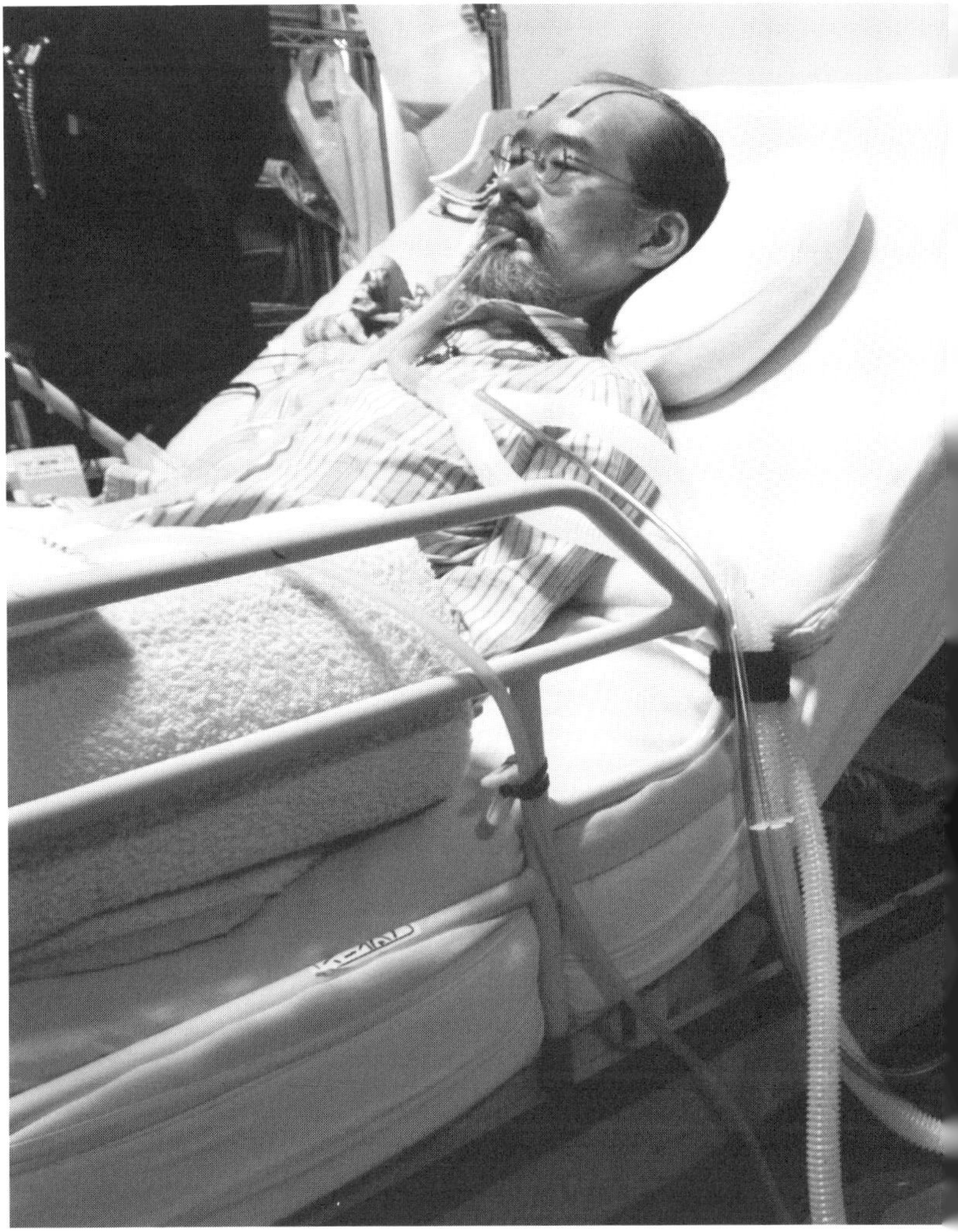

てもいられなくなった。

それに、ピアサポートという生きがいが、自分には芽生えつつある。いまここで、死ぬわけにはいかない。

舩後はさっそく医師を呼んで、呼吸器の装着を依頼した。生きる勇気を持った、というより、目前の死の恐怖に背中を押されての決断だった。

しかし、死の恐怖だけでは呼吸器装着を決意することはなかったはずだ。そこに「生きがい」という希望の光が見えたからこそ、舩後は「生」を選択した。

すぐに人工呼吸器が運びこまれた。装着は、わずか五分で終了した。人工呼吸器が作動しはじめると、喉《のど》につないだジャバラ管から、空気が肺をめがけてドクドクと流れこんできた。その瞬間、まさしくその瞬間に、長らく舩後を苦しめ続けてきた「止まぬ頭痛と貧血のような暗視状態」が跡形もなく消えた。重くのしかかっていた苦しみが、嘘のように晴れたのだ。

「生命」そのものが、ドクドクと音を立てて、体の隅々、毛細血管のすべて、細胞のひとつひとつに浸みわたっていくような気がした。命は、まだ見ぬ明日へとつながれた。

「生きること」を選択した瞬間だった。

すると、笑いがこみあげてきた。あれほど深く悩んできたのに、あまりにあっけなく命をつなげたことが、うれしくてうれしくて、おかしくておかしくてならなかった。名状しがたい喜びに包まれ、舩後はひとり笑い続けた。規則的に脈打つ、呼吸器につながれたまま。二〇〇二年八月、病室の窓から見える真夏の青空がまぶしかった。

指一つ動かぬ我に生きる意味
ありと覚悟を決めし日の空
成せる事成すが生きがい生きる意味
延命決めて　いま呼吸器を
喉《のど》穴《あな》に管《くだ》をつなぎて息すれば
呼吸器もわが愛しき臓器

【生きがい】

それにしても、現代医療とはなんとすばらしいものだろうか、と舩後が思いあたったのは、しばらくしてからだった。あんなにも苦しかったのに、それが一瞬で雲か霞のように消え去った。体の奥底から、力がみなぎってきた。舩後は、医療技術の発達に、思わず感謝を捧げた。

命拾いしてみると、改めて命というもののありがたさ、大切さ、かけがえのなさが身にしみた。引きこもりとなり、暇に任せてテレビを見ていた頃、戦争もテロも、どこか遠い国のできごとのように思えていたのに、いまは、それが身に突き刺さるほど痛い。だれもが、ひとつしか持っていない大切な命なのに、どうしてそれがこんなにもたやすく奪われていくのだろう。人間は、なぜ戦争を止められないのか。

戦争だけではない。平和な国でさえ、酒や麻薬で自ら命を縮める人、自殺をする人が後を絶たない。なんという不条理！

脳にみなぎる酸素のせいか、思いはどこまでも広がっていく。

そのとき、舩後ははっと気づいた。ビジネスマン時代、こんなことを考えたことがあっただろうか、と。頭の片隅にはあったものの、いつも忙しさに紛れ、面と向かって考えてみたことはなかった。命があるという、それだけのことが、こんなにもありがたいなどと思わなかった。「勝たなければ、意味がない」と思って突っ走ってきた。

それが、いまはまざまざと感じられる。どの命も、かけがえのない大切なものだと。生きている、生かされている、それだけですばらしい、と。

そうか、と舩後は思った。失うだけではない。ぎりぎりの命を生き延びていくなかで、得られることもあるのだ。

生き延びた自分に、一体なにができるだろう。そう思ったとき、心に浮かんだのが「ピアサポート」だった。ALS発症者として、後から発症した人々の役に立てるのではないか。自分は立派な人間でもないし、勇気を持って生きる道を選んだ、というわけでもない。迷いながら、揺れながら、ようやくここにたどりついた。でも、だからこそ、不安で押しつぶされそうな人、踏み迷っている人々の心がわかる。話し相手になれる。先輩として、偉そうになにかを言うつもりはない。ただ、いまの自分にできるだけのことをしていこう。それが「命をつながせてもらった者」の役割だ。舩後はそう覚悟を決めた。

「きみの役　ピアサポート」とおだてられ
雑感書くが生きがいとなる

わが文《ふみ》を読む同《はら》朋《から》に笑《え》みこぼれ
俺に成せるはこれと火が点《つ》く

身近なること手始めにしてみれば
命の燠《おき》に炎燃えたつ

成せる事成さねばむくろ　人ならず
人ならば成せ　いま成せる事

舩後は、よく人から訊《たず》ねられる。人工呼吸器をつけずに人生を全うするつもりだったのに、なぜそれを翻《ひるがえ》し、呼吸器をつけることにしたのか、と。「主治医からピアサポートという生きがいをもらったから」と答えることが多い。

確かにそれは真実だ。ALSという病になったからこそ、同じ病に苦しむ人々を支えることができる。こんな自分だからこそできることなのだ。

しかし、いま振り返れば、それはひとつのきっかけに過ぎなかった、と思う。「死ぬんだ。家族のために、生き恥をさらさないために、絶対に死ぬんだ」と、それればかり考えていたときにも、心の奥底には「生きたい」という気持ちが渦巻いていた。娘の花嫁姿を見たい、妻とともに年老いたい、親より早く死にたくない、という具体的なことだけが、生を望む理由ではなかった。さらにその底、心と体の奥の奥に、生き物としての本能があった。一分一秒でも長らえ、命の火を燃やし続けたいという、命そのものの強い願いがあった。

舩後はそれを、無理に抑えつけてきた。「家族のため、自分自身のために、死を選ぶべきだ」と自分に無理に言い聞かせてきたのだ。

ピアサポートという生きがいを得、社会のなかでの居場所を見つけたとき、生存への欲求が火山のように爆発した。

生きることは楽しい、生きていることはうれしい、生きているだけで価値がある。人間、どんな姿になっても、人生を楽しむことができるはずだ。そう思えば、すべてが光に満ちていた。

生きるべきか死ぬべきか、悶々と悩んでいた日々は、すでに過去のものになった。いまは生かされてここにあることに感謝するばかりだ。あとはただ、全力で、その日その日をよりよく生きればいい。この喜びを、ピアサポートでみんなと分かち合いたい。そう思うと、晴れ晴れとした気持ちになり、命の火がさらに赤々と燃えあがるのだった。

難病で屍《かばね》のごとき俺だから
「人につくす」で生きてる意味を
サポートし　笑みでお返し貰うたび
すがすがしきもの体に満ちて

感謝され　わが喜びも百倍に
ピアサポートの真意に気づく
もし幸《さち》を掴《つか》みたいなら
人の幸つくる手助けするが何より

千葉東病院に入院中に、舩後は四十名もの患者さんと直接会って話をした。コンピュータを通じて語る舩後の言葉に、多くの患者が勇気を得た。その喜びや安堵感が、舩後にもまざまざと伝わってくる。すると、今度は舩後自身が、そこから勇気とエネルギーをもらえるのだ。

舩後は、みるみる元気を取り戻していった。丸二年も引きこもり、死にたい死にたいと言い続けた後ろ向きの舩後とは、別人のようだった。暗い気持ちだった舩後の家族も、この変貌ぶりを見て、一気に心が明るくなった。病名を告げられてからの二年間が悪循環であるなら、いまはその正反対の良循環に入っているのが実感できた。人間、心持ちひとつでこれだけ変われるものなのかと、舩後自身が驚くほどだった。

入院が大嫌いだった舩後も、このときばかりは退院することが少し惜しまれた。退院してしまえば、病友と直接会うわけにいかなくなる。それでも、自分になにかできないかと考えた舩後は、何人かと電子メールで通信するようになった。もちろん、無報酬のボランティアである。

さらには、ＡＬＳ患者とその家族によるメーリングリスト（電子メールにより、各メンバーが発信した文章や画像を、同じグループのメンバー全員へ送る仕組み。グループのメンバーが同じ情報を共有することができる。略称ＭＬ《エムエル》）にも参加した。これにより、この病と闘っているのは自分だけではないと実感することができたのは、大きかった。

ベッドから動けなくても、舩後はもう「引きこもり」ではなかった。広く世界とつながっていたのだ。

情報をみんなで分かつＭ《エム》Ｌ《エル》で
互いが互い支えあう日々
質問に　友いっせいに答え出す
距離を感じぬＭＬ仲間
ＭＬに友へのエール連なりて
つらき友より俺が癒《いや》され
ＭＬの愛ある言葉読み切れば
友らの笑みに包まれている

時間だけはたっぷりある。舩後の表現欲が、頭をもたげてきた。もともと歌詞も書く舩後だった。自分のメールマガジン（特定の読者に、電子メールで記事等を配信する仕組み）を立ちあげて、自作の詩やエッセイを、配信するようになった。持ち前のユーモアのセンスを生かして、ふざけてみせる余裕さえ出てきた。寝たきりのベッドのなかで、舩後は発信し続けた。舩後はもう「気の毒な難病患者」ではなかった。自分にしかできない人生を精一杯生きる、一人の人間に戻ったのだ。

わが短歌わが詩わが歌詞配信し
同じ病の仲間癒さん

暴力か？　ヘボ詩ヘボ歌ヘボ短歌
ゴムやタワシの押し売りにも似

病友の苦を少しでも和らげん
短歌で笑いとる暴挙に出

目標は「笑う門には福来たる」
泣かせるよりもむずかしきこと

誰にでも悩みはあれど笑う時
心はわらべ無心に転げ

【いのちのメール】

二〇〇二年十月、舩後のもとに、一通の電子メールが転送されてきた。自分がＡＬＳではないかと疑っている名古屋の男性からのものだった。自分にはこんな症状があるのだが、病院に行っても診断がつかない。ＡＬＳではないかと思うのだが、どうだろうか、という問いかけのメールだった。

舩後は、間髪をいれずに返信を送った。いくつもの病院を渡り歩き、病名がつかないで不安で仕方なかった頃の自分の姿が思い起こされ、いてもたってもいられなかったからだ。メールの差出人は橋本恭成《やすまさ》、当時三十六歳になる青年実業家だった。このときから、舩後と橋本との、心を割った命のメールのやりとりがはじまった。

橋本は、二十六歳のときに友人と二人でＩＴ関連の会社を起業。これが急成長し、わずか十年で従業員は百人を軽く超える規模となった。会社は順調に拡大する一方だったが、橋本はあまりの激務からか体調を崩してしまった。どうしても疲れがとれず、ひどい脱力感を覚えるようになった。とても社長の激務をこなせる状態ではなかったので、自ら引退。会社は信頼できる部下に譲って、自分は個人で経営コンサルタントをしていた。

最初の異変は、喉《のど》からだった。いつものようにペットボトル飲料を一気飲みしようとすると、急に喉が詰まって水を一瞬にして跳ね返し、吐いてしまった。精神的な疲れのせいだろうと思っていたのだが、その二週間後、家族でボーリングに行ったところ、玉が握れない。心配になって医学書をめくってみると、症状がALSによく似ている。ALSは死に至る不治の病とある。それまで「死」についてまともに考えてみたこともなかった橋本は、大きなショックを受けた。

病院に行ったが診断がつかないまま、各科をたらい回しにされた。心身症ではないか、と言われ、精神科に回されたこともある。しかし、やはり違うと再び神経科に戻される、という日々が、もう三ヶ月も続いていた。病名の確定しない不安から、ALSの発症者に手当たり次第メールを出して、症状を訊《たず》ねていたのだった。

ネット上には、ALS患者が立ちあげたホームページが二十ほどあったので、そこに宛ててシラミつぶしにメールを出した。橋本は言う。

「実は、舩後さんだけには出していなかったんです。彼のホームページも見たんですけど、生きていることはすばらしい、たとえ体が動かなくとも生きているだけで意味があるって、あまりにも前向きで、当時の自分には容易には受け容れることができませんでした。あの頃のわたしは、不安でいっぱいで、少しも前向きの気持ちになれなかったのです。

ところが、突然、舩後さんの方から、わたし宛にメールが来たんです。驚きました。だれかが、舩後さんがピアサポートをしていると知って、わざわざわたしのメールを転送してくれたんですね。思えば、この一通のメールが、後にわたしの命を救ってくれるきっかけになりました」

見ず知らずの人が、自分のことを心配してくれている。橋本は、それだけで勇気づけられた。橋本はすぐに舩後への返事を書いた。

差出人：橋本　2002/10/11
舩後サンこんにちわ。

メールを頂き有難うございます。

舩後サンからもメールが届くとは思っていませんでしたので感激しました。

舩後サンの「わたしの生きがい」とても参考になります。

ただ、わたしは今も「絶望」から抜け出せてはいません。

症状を自覚したのは、今年の8月からなのですが主治医の先生が首を傾げる程、進行が速いのです。

昨日より今日、今日より明日という程に進んでいきます。

それ故に、気を取り直して頑張ろう、最後まで病気と闘おうと思ってはみるものの、次の日の朝、更に進んだ症状に気が狂いそうになってしまいます。
やがて手足が動かなく、食べる事も、しゃべる事もできなくなってしまう未来の自分の姿が頭をよぎり、ついには全身麻痺状態の自分が浮かんできて、激しい焦燥感にかられます。
自分では症状が進むなか、気が違ってしまうように思えてならないのですが・・・
舩後サンはこんなわたしが「絶望」から抜け出せると思われますか？

　舩後はさっそく、妻に頼んで、今井医師からＡＬＳの小冊子とビデオを取り寄せてもらい、橋本に郵送した。同時に、自分のＡＬＳ体験を綴《つづ》った長い文章を橋本にメールした。「甘えてしまって申し訳ない」とさかんに恐縮する橋本に、舩後は即座にこんなメールを送っている。

差出人：舩後　2002/10/18
橋本さん

何もしてあげられなくてご免なさい。でも皆応援しているからね！　苦しい気持ちはそのままでいいんだよ。当り前だよ。耐えられなかったら、何でもいい、バカだけでもいい、書き殴って書き殴って書き殴って書き殴って書き殴って僕にメールして！　お願いします。

差出人：橋本　2002/10/19
舩後さん、こんにちわ。
今日、送って頂いた郵便物が届きました。
奥様のお手紙まで頂戴し、何とお礼申し上げればよいのでしょう・・・
こんなに良くしてもらっていいのでしょうか？

「苦しい気持ちを自分にぶつけてくれ」という舩後の申し出が、涙が出るほどうれしい橋本だった。それなのに、その気持ちを素直に受け取れない自分がいた。赤の他人に、そこまで甘えていいのだろうか、という遠慮が、ブレーキをかけたということもある。しかし、それ以上に「絶望」が彼を押しつぶしていたのだ。結局、橋本は悩みを一人で抱えこんでしまった。

このメールの直後、橋本はとんでもない行動に出た。

二日後、橋本の妻から、驚愕《きょうがく》の知らせが届いた。

差出人：橋本妻　2002/10/21
はじめまして、橋本の妻です。いつも、主人の力になっていただき、とても感謝しております。

送っていただいた資料2日程まえに届いております。ありがとうございました。

奥様からのお手紙も頂き、大変うれしかったです。

実は、主人は現在入院しております。自ら命を絶とうと練炭の準備をしていて、誤って苦しくなり自ら病院にいき即入院となってしまいました。病状のほうは、大丈夫だと思います。

わたしは、主人がそれほど悩み苦しんでいたことを、あらためて思い知らされ、また、わたしたち家族にとって主人の存在が大きく、大切な人であることも再認識しました。

やはり、どんな状態であれ、わたしたち家族のそばで生きていてほしいと強く思いました。

また、ぜひとも主人の力になってやってください。

舩後は大きなショックを受けた。精一杯対応したつもりだったが、至らなかった。そのことが残念でならない。ピアサポートには、人の命の行方を左右するような重大な意味があると、改めて思い知った。

過去を思い起こせば、橋本の心も充分理解できる。自分も苦しみ抜いた。しかし、もがきながらも生き抜いて、ここにいる自分がある。いまなら、生きていることを肯定できる。いまここでできることを精一杯して、橋本を応援しよう、と舩後は思った。舩後は、さっそく返事を書いた。

差出人：舩後　2002/10/21

奥様

わたしの力及ばず、大変申し訳ありませんでした。心よりお詫び致します。どうか、お許し下さい。このように、力なきわたしですが、引き続きメールをさせて頂ければと存じます。よろしいでしょうか？　それと、事態は昨日のことですか？　ほんとうに申し訳ありません。わたしのホームページの掲示板で今、命について語りあっております。ご参考頂ければ幸いです。ご主人様に宜しくお伝え下さい。失礼します。

差出人：橋本妻　2002/10/21

船後様

こちらこそ、いつも力になっていただいてるのにすみません。

主人も今日、無事退院できそうです。本人も少しずつ元気を取り戻していますので、もっとわたしも主人の気持ちが楽になるよう頑張っていきます。

実は、19日の夜のことでした。ぜひ、これからも引き続きメールをしていただきたく思ってます。まだまだ、未熟なわたしたちですが、これからもよろしくお願いいいたします。

妻から船後のメールを見せられた橋本は、別の意味でショックを受けていた。責められるべき愚かなことをしたのは自分の方なのに、船後はそれを諫《いさ》めるどころか、自分が至らなかったせいだと「謝罪」をしているのだ。見ず知らずの他人に対して、そこまで親身になってくれる船後に対して、橋本ははじめて、ほんとうに心を開いてみようと思った。

橋本は、舩後にメールを書いた。絶望を絶望のままに綴った悲痛なメールだった。

差出人：橋本　2002/10/21
舩後さん
橋本です。とにかく、舩後さんだけには、取り急ぎお詫びを申し上げなければとメール書いてます。舩後さんのせっかくのあたたかいエールを無にする事しか考えられないわたしでほんとうにすみません。退院しましたが、今もほんとうのところ心を整理出来ずにいます。握りにくくなった車のハンドルを必死で回しながら、暗いことばかり考えてしまう自分がいます。

舩後は、このときの橋本の気持ちが痛いほどわかった。自分もまた、同じように思った時期があったからだ。いまの橋本以上に弱気だったかもしれない。その自分でさえ、そこを通り抜け、光を見ることができた。橋本にできないはずがない。一寸先は闇、というが、一寸先に光が差すこともあるのだ。そのことを、どうやって橋本に伝えることができるだろうか、と舩後は必死で考えた。
橋本のメールは、こう続いていた。

20日～21日は家族で琵琶湖への旅行の予定でした。先週から極端に落ちた足の力に驚いて慌てて予定しました。その前夜に、練炭火鉢（自殺道具）の使い方だけはマスターしておこうと思い、火をおこし様子をみていたら、あっという間に中毒を起こしていました。その後の事は、あまりよく覚えていません。病院ではもう瞳孔は開いていたそうです。

舩後さん。
わたしはこの何週間かの間、毎日何回もパソコンを開いていました。それは、わたしが感謝してもしきれない1人の人物からのメールを心待ちにしていたからに他なりません。「生きたい。」「死ぬしかない。」そんな揺れる心の内、「生きたい。」がそうさせるのでしょう。でも生きていく決意がしっかり出来ないなら、舩後さんに甘えてはいけないとも思っています。取り急ぎ、今の心境まで。

「舩後さんに甘えてはいけないとも思っています」という一文が、痛ましく、切なかった。いまだ深い悩みの淵にいる橋本に、一体どんな言葉をかけたらいいのか。舩後は途方に暮れた。かつての自分も、いまの橋本と同じだった。だれから、どんな励ましの言葉を受けても、すべてが無意味に感じられた。励ましなど、陳腐で空疎なものにしか思えなかった。舩後は、万感の思いを、一行に託した。これが、舩後の、精一杯の真実の心の声だった。

差出人：舩後　　2002/10/21
橋本さん！
明日から共に歩もう。僕に甘えるのが、貴方の務め！　遠慮はいりません。

このメールを読み、絶望に閉ざされていた橋本の心の壁が、どっと崩れた。舩後は「がんばれ」と言わなかった。とがめられることもなかった。ただ「共に歩もう」と言い「甘えるのが務め」と声をかけてくれた。それが、どんなにうれしかったか。橋本は、舩後のこのメールを読んで、ともかく生きてみよう、舩後に甘えてでも、生きてみようと思った。
「あの頃が、一番苦しい時期でした。それを乗り越えることができたのは、舩後さんの支えがあったからです。わたしは二年間、船後さんに弱音を吐き続けました。船後さんは、それをずっと受けとめてくれました。わたしが不安をぶつければ、真夜中の二時でも三時でも、即座に返事が戻ってくる。この人、死ぬ気かなって思いました。わたしを救うために、命をかけていてくれるって。

わたしが出したメールで、返事が返ってこなかったものは、一通もありませんでした。ときには、長い文章を、それも即座に送り返してくださるんです。ご自分があんな状態なのに。ほんとうにありがたかった。そして勇気をもらいました。どれだけ励まされたか知れません。船後さんは、一生の恩人であり、魂の友人です」

船後と橋本のメールは、二年間で八百通に及んだ。橋本が自分の言葉を受けて少しずつ立ち直っていく様を見るのは、船後にとっても大きな喜びだった。この世界に、自分を必要としてくれる人がいる、こんな自分でも人の役に立てる。そう思えること自体が、船後の喜びになった。船後と橋本は、メールでのやりとりを通じて、互いに与えあい、互いに受け取りあう存在となっていったのだ。二人が、二人とも、そこから生きる勇気を得た。

これによって橋本は苦しい時期を乗り越えることができた。長く暗い迷いのトンネルを丸二年かけてくぐり抜けた二〇〇四年、橋本は自分の体験を生かし、介護サービスの会社

「株式会社ケアドゥ　虹の橋ケアセンター」を立ちあげた。舩後は、その会社の相談役となった。橋本は、会社のロゴと肩書きの入った舩後の名刺を作って、送った。寝たきりの自分が、仕事の名刺を持てる、というのは、それだけで舩後にも大きな励みになった。

ＡＬＳの進行には大きな個人差があるというが、幸いにも現在、橋本の病状は安定し、会社は順調に営業している。

「虹の橋ケアセンター」では、年に数回、ＡＬＳの患者とその家族の集いを開き、互いに情報交換を行っている。そんなとき、舩後は車椅子に人工呼吸器をつけ、名古屋の会場までかけつける。そして、講演を行う。車椅子に横たわったまま、顔だけはかすかに微笑みながら、コンピュータで講演を行う舩後の姿を見て、多くの人が勇気を得た。人工呼吸器を拒否していたが、もう一度考え直してみよう、と思う人も出てきた。舩後はここでもピアサポートの輪を広げている。

生きる夢失《な》くした人の嘆き知り
我と同じと目に熱きもの

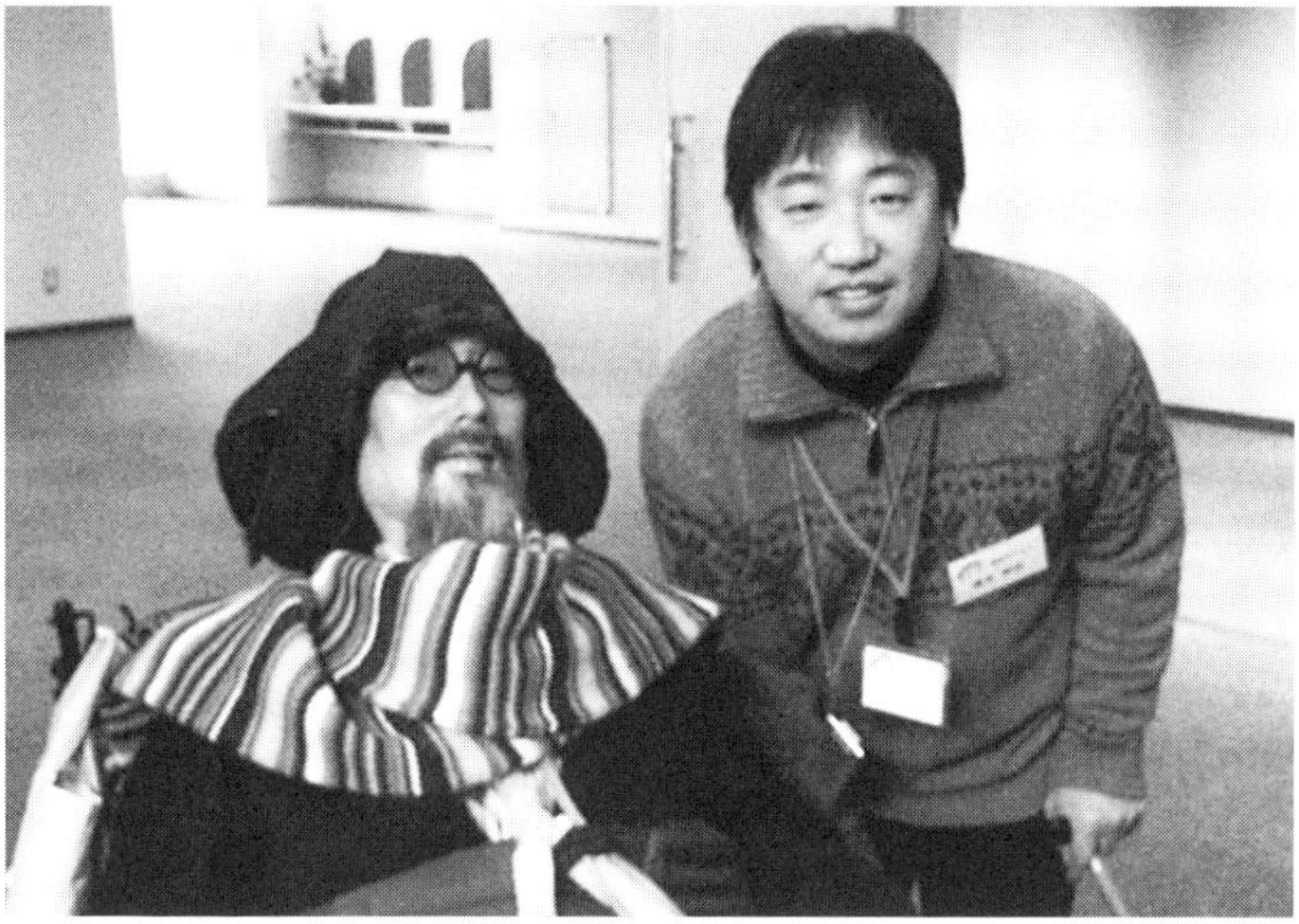

橋本（写真右）にとって舩後は、恩人であると同時にかけがえのない親友となった。

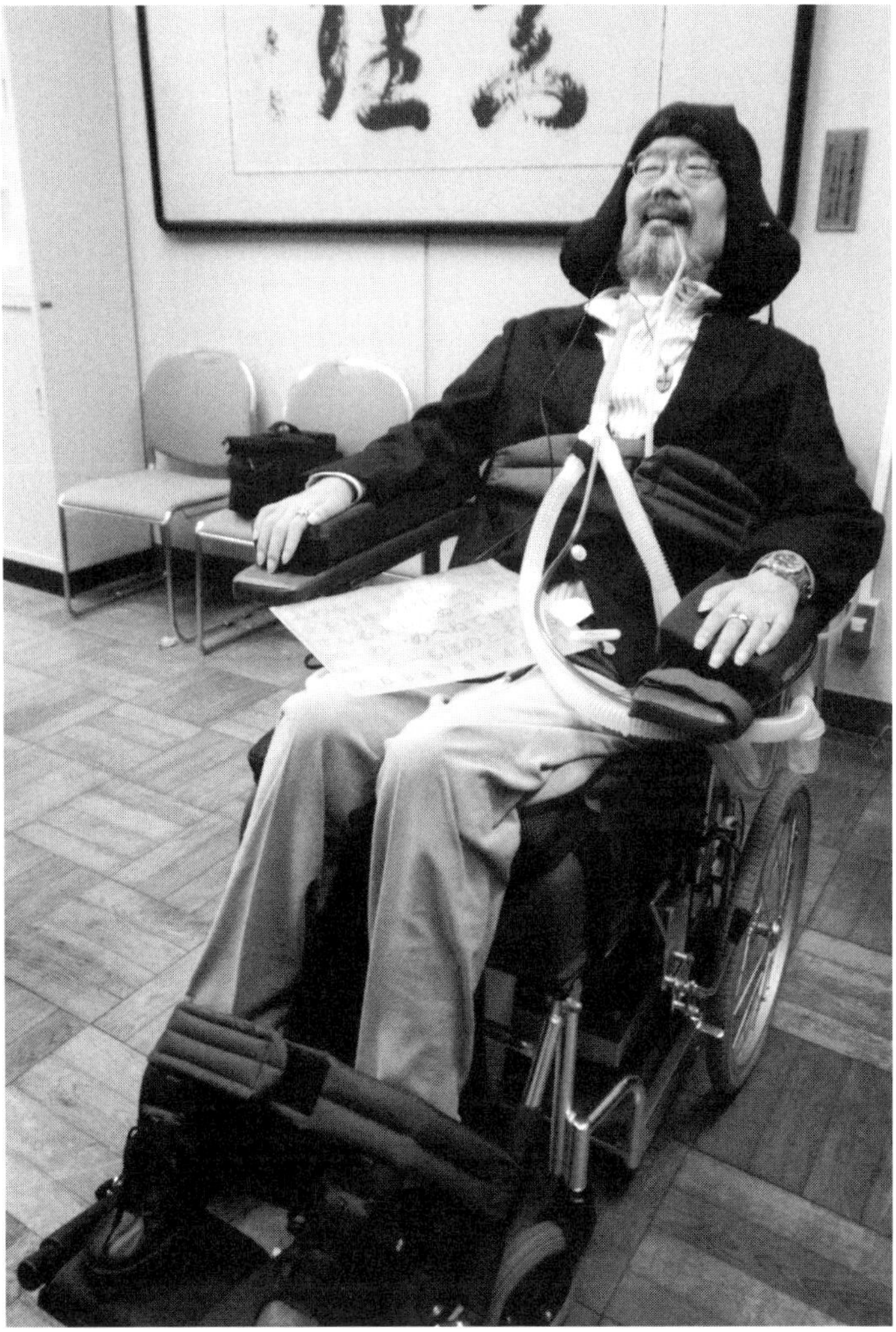

車椅子で移動する時は、具合が急変したり、ウイルスで病気に感染したりというリスクが伴う。
それでも舩後は、自らすすんで外の世界へ出ていく。

自死望む友に「死ぬな」と
動かない足で必死にメール打つ夜
三十路《みそじ》見ず社主となりたるその才を
活かして生きよ　命の限り

【表現者】

舩後流◉居ながらにして世界とつながる方法

病名を告げられてから丸二年の引きこもり生活は、舩後にとってサナギの季節だったのかもしれない。ピアサポートという生きがいを得て羽化した舩後は、心の翼を大きく広げて舞いあがった。自ら世界を広げていく様は、まさしく精神のビックバンと呼ぶにふさわしいものだった。

千葉東病院で人工呼吸器を装着した二〇〇二年八月、舩後は、車椅子の宇宙物理学者スティーヴン・ホーキング博士に手紙を書いた。ホーキング博士は、一九四二年生まれ。二十一歳のときにALSと診断され、歩くことも言葉を発することもできないなか、新たな宇宙論を提出するなど、世界的に活躍している。ALSでも長く生きることができ、しかも超一流の学問的成果を上げることができるということを証明したホーキング博士は、ALSを患う者にとって、希望の星だ。

舩後はインターネットでホーキング博士のホームページにアクセス、そこから電子メールを送った。自己紹介と博士へのエールを綴《つづ》っただけの簡単な内容だったが、自ら作文し英訳した。

二ヶ月後、ホーキング博士の助手から、舩後宛に、直接メールが届いた。「博士は大変お忙しくて個人的にお返事を書くことはできませんが、あなたからの手紙を大変うれしく思っていらっしゃいます」という旨の事務的なメールではあったが、それでも舩後には感無量だった。

インターネットの発達のおかげで、居ながらにして世界の大学者ともつながることができる。決して孤独ではないのだ。船後は、いまの時代に生まれた幸運に感謝した。

船後流◉人工呼吸器で国際会議に出る方法

インターネットによって、どこへでも行ける心の自由は手にしたが、体の方はそうはいかない。人工呼吸器につながれた身で移動するためには、大変な労力と資金を要する。さすがの船後でさえ、こんな体になっては海外旅行は夢のまた夢、と考えてみることすらなかった。

ところが、主治医の今井医師から、思いがけない提案があった。二〇〇二年十一月にメルボルンで「ALS／MND国際会議」が開催される。今井医師も参加するのだが、そこに船後も同行しないか、と誘われたのだ。船後に大きな目標を持たせ、生きる力を引きだすための提案だった。

しかし、船後をお客さまとして招待する、というわけではない。資金も介助者もみな、船後自身で調達ができたら行こう、という誘いなのだ。

無茶な、と船後は思った。人工呼吸器をつけて飛行機に乗れるのか。「主治医がいっしょなら、問題ない」と今井医師は言う。しかし、資金がない。人工呼吸器をつけての旅には往復二百万円もかかる。というのも、横たわった姿勢で移動しなければならないため、飛行機の座席も一人で四席分を予約しなければならないからだ。エコノミーにしても四倍の料金がかかる。さらに、介助者の旅費も必要だ。収入もない療養中の身。普通なら、それだけでもうあきらめるところだ。

ところが、負けん気の強い舩後は、かえって燃えた。実現するとは思えないが、ともかくできるところまでがんばってみよう、と思ったのだ。

舩後は、会社時代に培った宣伝の手法を駆使して、マスコミに働きかけた。新聞や雑誌に取りあげてもらい、広くカンパを集めることにした。舩後の講演先には、必ずカンパ箱が設置された。友人たちは、インターネット・オークションで不用品を売って、その売り上げをカンパしてくれた。ＡＬＳ協会千葉県支部も、協賛金を出してくれた。それでも足りない七十万円は、なんと太っ腹の妻が出してくれた。しかも、妻は人工呼吸器の取り扱いを学んで、旅の介助までしてくれることになった。

仕事を持つ妻にとって、休暇を取ってまで舩後に付き添うことは、大変なことだった。資金も、右から左へ調達できたわけではなく、懐も痛い。それでも、妻は舩後のこの挑戦を歓迎した。家で「死にたい」と日々嘆かれているより、多少わがままだろうが、積極的に生きようとしてくれる姿がうれしかったのだ。

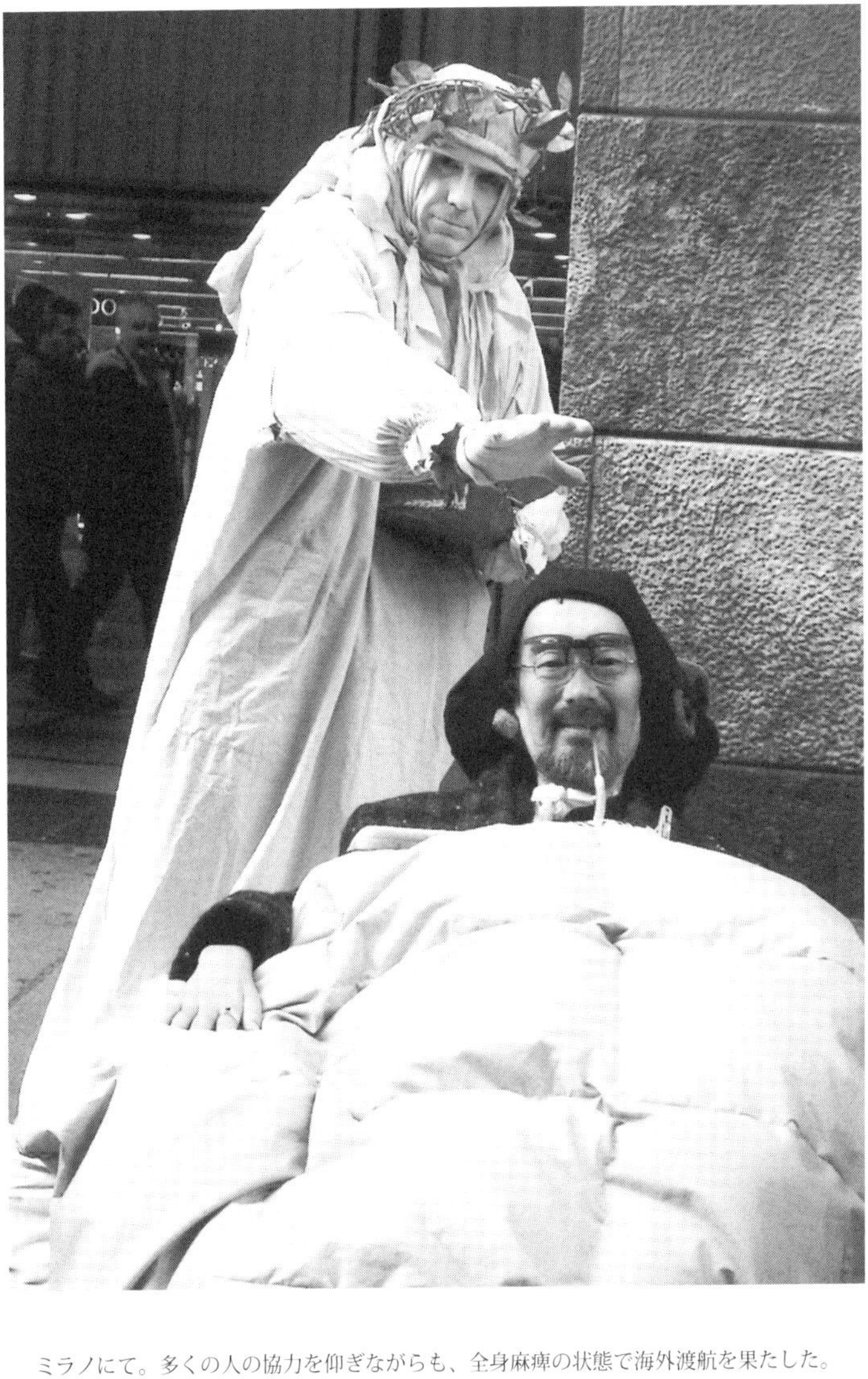

ミラノにて。多くの人の協力を仰ぎながらも、全身麻痺の状態で海外渡航を果たした。

舩後は、今井医師と妻、そして一人娘も伴ってメルボルンの国際会議に参加した。海外の電圧を考慮せずに人工呼吸器の電源を入れて大騒ぎになったり、胃瘻《いろう》のチューブがすっぽり抜けたりと、笑うに笑えないドタバタが多々あったものの、すべてを切り抜けて無事帰国した。舩後は、翌二〇〇三年十一月にも、ミラノで開催された「ALS／MND国際会議」に参加、世界の人を前に自作の詩を発表している。ALS発症者でも国際会議に参加できる、ということを世界に知らしめたばかりでなく、それは舩後自身にも大きな自信を与えたできごとだった。

舩後流◉コンピュータで講演する方法

舩後は、さまざまな場所で講演を行うようになった。ピアサポートの一環として日本ALS協会で講演を行うことはもとより、看護師や介護士などを相手に、患者の視点からの望ましい介護のあり方を語っている。学校に講演に行くことも多い。小学校、中学校、高校から大学まで、いろいろな場所に赴く。ボランティアの介助者の依頼から、新幹線の切符の手配、分刻みの詳細な日程表の作成まで、なんと舩後自身がコンピュータを駆使して一人で行うというのだから、その馬力に驚かされる。

車椅子で身動きも取れず、声も出ない舩後が、どうやって講演を行うのか。最初はだれもが不思議に思うが、会場でその姿を見ると、なるほどと納得させられてしまう。

舩後は、それぞれの講演に合わせて、予定原稿を作り、それをすっかりコンピュータに打ちこんであるのだ。会場では、その文字をスクリーンに投影し、自動音声が舩後の代わりにその文字を読みあげていく。舩後は、スクリーンの脇で自らコンピュータを操作している。辛うじて動く額の皺《しわ》にセンサーを取りつけ、それによって入力しているのだ。

実際のところ、この形式であれば、舩後本人が会場にいなければならない、というわけではない。コンピュータのデータさえあれば、講演は可能だ。

しかし、舩後がそこにいることに、大きな意味がある。会場に訪れた一般の者は、指一つ動かすことのできない舩後の姿に度肝を抜かれ、その舩後が立派に講演をしていることに、さらに驚く。そして、ＡＬＳという病気について理解を深めるのだ。

同じＡＬＳの発症者にしても、舩後の講演は驚きである。百聞は一見に如かず、というが、全身麻痺で人工呼吸器をつけることになっても、ここまでいきいきと生きられるのだ、ということを目の当たりにすることで、発症者は自己の未来に光を見出すことができる。実際、人工呼吸器をつけずに人生を全うしようとしていたが、舩後の姿を見て、もう一度考え直したという人も数多い。

前もって「伝の心」に入力してある文章を読み上げての講演だが、
舩後がその場にいる意味は大きい。

舩後は語る。

「わたしはピアサポーターとして『生き様を示す』ことにより、『人間、どんな姿になろうとも、人生はエンジョイできる！』と言うことを、伝えたいのです。ＡＬＳ患者の方のみならず、多くの方々に」

この阿呆《あほう》　今年も懲《こ》りず
ヘルパーの養成講義　安請け合いし
打ちこんだ文字　音声に変換し
機械の声で語る我なり

スクリーン　じっと見つめる受講生
パソコンの文字わが講義なり

本講義　中身去年とほぼ同じ
学生替われど良心チクリ

パソコンがあればこの俺不要だが
これが生きがい　講義に出向く

障害を俺が世間にさらさねば
病友たちは隠れ住むまま

船後流◉音楽活動で世界を広げる方法

船後が人生のなかでもっとも「エンジョイ」しているのは、音楽かもしれない。学生時代から、あれほどバンドに打ちこんだ船後だ。忙しいビジネスマン時代には、すっかり音楽から遠ざかっていたが、時間がたっぷりあることから、再び創作活動に復帰することができた。

現在、船後が作詞した歌を、持ち歌として歌っているバンドは、二つある。「美浜《みはま》カーニバルボーイズwith《ウィズ》レモン」と「あるけー」だ。前者は、船後が暮らす身体障害者療護施設の職員が中心になって結成されたロックバンド。後者は、介護福祉士がつくったフォークバンドである。どちらも、ALSという病がきっかけで知りあった人々だ。このバンドは、さまざまなイベントに出演、船後作品を演奏している。船後の講演で演奏してくれることも多い。

年に一～二度、船後は自分の作品を披露する「船後靖彦ファミリーライブ」を自主企画している。バンドへの出演依頼からライブハウスなどの会場の確保、お客集めの宣伝活動まで、すべて船後がしている。船後は作詞者にして興行主であり、宣伝マンでもあるのだ。

舩後が作詞した歌を、ステージで実際に歌う「あるけー」のメンバー・
小館《こだて》（写真左）も舩後に勇気をもらっているひとりだ。

このライブは、舩後の姉が結成した「舩後シスターズ」によるピアノ演奏と朗読、そして「あるけー」の演奏が中心だが、さまざまなゲスト出演者も加わる。二〇〇五年暮れのコンサートでは、舩後の一人娘をリードヴォーカルとしたバンドが、迫力ある演奏を披露した。青春時代をともに過ごしたなつかしの「ブルーワーカーズ」も、このコンサートがきっかけで、一度きりだが、再結成された。

父親の知らぬ間《あいだ》に初ライブ
我を出し抜くわが娘《こ》に唖然《あぜん》

娘《こ》以外はバンドメンバー四十代《しじゅうだい》
俺の旧友　父はあんぐり

親のごと娘《むすめ》支えるメンバーに
嫉妬《しっと》抑《おさ》えてただ感謝する

俺の歌　自分でライブしなければ
墓碑に彫るしか披露は出来ず

年一度ファミリーライブやる夜は
客もバンドもロックに狂い

ＡＬＳ発症後に、舩後が書きためた詩は四百編以上ある。これにすべて曲をつけて発表するのは、むずかしい。しかし、舩後の活動が知られるようになり、テレビやラジオ、新聞などで報道されると、作曲したいという申し出も舞いこむようになった。

その一つが、日立製作所の大津弘之からの申し出だった。大津は、テレビ番組で舩後の存在を知り「ぜひ作曲させてほしい」と連絡を取ってきた。喜んだ舩後は、即座に百曲分もの歌詞を大津に提供。そこから二人の交流がはじまった。『夏祭り君と』は、舩後靖彦作詞・大津弘之作曲のコンビによる最初の曲だ。

この曲は二〇〇七年七月、第五回となった舩後ファミリーライブで発表された。演奏は、日立の聴覚に障害のある社員を中心に結成された「ザ・スワン・バンド」。手話で歌う「体で感じて手で歌う歌を眼で聴こう」という新趣向だった。舩後&大津の曲作りはさらに進み、「舩後靖彦選集」ができそうな勢いだという。

逆に舩後の方から持ちかけて実現したコンビもある。障害を持つ音楽家のメーリングリストで、舩後は山口県下関市に住む全盲のマッサージ師・村岡範之の存在を知った。村岡は、白内障のため幼いときから目が見えない。それでも、独学でピアノやギターを学び、作曲を続けてきた。「詞があれば作曲できるのですが」という言葉を受け、ぜひ歌詞を書かせてほしいと申し入れたのだ。村岡は快諾。舩後は詞を書き下ろし、それに村岡が曲をつけて合作『怒らないで』が誕生した。余命が限られた命、後に残すであろう妻や娘への愛を語るバラード。ラストのリフレインが切なくも美しい。

♪怒らないでこの僕を
君を愛するこの僕を
星に住みゆくこの僕を
この僕この僕この僕を

♪怒らないでこの僕を
真の愛待つこの僕を
星で君待つこの僕を
この僕この僕この僕を

舩後は言う。「わたしは『ALSになった』という、たった一つのアンラッキーと引き換えに、無限の数のラッキーを、手に入れてしまった。これをしあわせと言わずして、なにをしあわせと言うのだろう？」と。

この言葉は、決して強がりや負け惜しみではなく、いまの舩後の実感に違いない。人生を謳歌しまくっている舩後を見れば、だれもがそう感じるだろう。

妻は、みんなに支えられて広がってゆく舩後の姿を見て、こんな一文を記した。

パパ。あなたはほんとうにしあわせですね。応援して下さるかたが沢山いて。普通に暮らしていると気がつかないけれど、世の中にはこんなにもあたたかい心が溢れているのですね。体が不自由でも話すことが出来なくても、あなたのまわりには、あなたの手となり足となり、そして声となって応援して下さるかたがいる。ほんとうにありがたいことです。パパ、あなたの使命！　応援して下さる皆様への感謝を、何かのかたちであらわさなくては！　世の中にはつらいことや悲しいことが沢山あって、人生に絶望してしまっている人たちもいるかもしれない。そんな人たちに「もうちょっと待って、独りぼっちじゃないよ。生きていれば、いつか優しさにであえるよ。あなたのまわりにもきっとあたたかい心はあるよ。」って伝えていかなくては。

【今井医師】

医師いわく「思い出深き患者いた」
眼鏡の奥に光るものあり
使命から鬼にもなれるわが主治医
その目に浮かぶ涙に驚き
患者より妻への思い聞きし医師
天を仰ぎて肩を震わす

現在の船後の活躍ぶりは、健常者顔負けだ。ＡＬＳと告げられてから、あれほど頑なに死を望んでいた舩後に、生きる力を取り戻させた今井医師とは、一体どんな人物なのだろうか。

～三十年前の夏の記憶～

医師・今井尚志《たかし》は一九五六年生まれ。舩後より一つ上だ。医学を志し、当時新設された富山医科薬科大学の一回生となった。今井は研修のために赴いた富山市内の病院で、はじめてALSの患者と出会い、大変なショックを受けた。それがALSの専門医を志すきっかけとなったという。

「もう三十年ほど前のことになります。暑い夏の日のことでした。当時の公立病院には、まだエアコンなんていうものがなかったから、ほんとうに、うだるような暑さでした。
病室のベッドに、一人の患者さんが横たわっていました。七十代の女性でした。汗まみれで、寝間着の胸が大きくはだけていました。その胸や顔を、ハエがわがもの顔で飛び回り、行ったり来たりしている。手が動かないので、ハエを追うこともできない。ぴくりとも動けない。ALSの患者さんでした。

講義では聞いていましたが、実際に見るのははじめてで、あまりのことに、声もかけられなかった。ああ、こんな病気があるのか、こんな状態の患者さんに対して、医療はなにもできていない。どういうことだろうかと思いました。

このときの印象が非常に強烈で、将来どの分野に進もうか、というときに、ＡＬＳを専門にしようと考えたのです。

いまでも、あの日のことを思いだすことがあります。なにかすごく、太陽の光がまぶしくて、部屋全体が白っぽくて、患者さんが、ずうっと遠くにぽつんと横たわっている。そこに行くまでに、大変な隔たりがあって、どうしても行けない、声がかけられない。そんな自分がいるんです」

その隔たりを埋めるために、今井医師は走り続けてきたのかもしれない。

〜奇跡のような運命の糸〜

今井医師がこの二十年間取り組んできたのは「人生再構築」だという。それも、医師と患者という向きあう関係ではなく、ＡＬＳに立ち向かう者同士として、ともに同じ方向を見ていきたいと語る。

「ＡＬＳは大変な病気です。それまでの価値観をすべて捨て去らなければならない。その上で新しい生きがいを見つけなければ、ただ苦しいだけの人生になってしまいます。

若い頃は『生きがいの処方』をするのが、医師の務めだと思っていました。医師と患者、という関係性のなかで、患者さんと真正面から向きあっていたんですね。

最近は、それは違うな、医師や医療チームにできることは、ごく限られたことしかない、と思うようになりました。生きる力はもともと患者さんに内在している。医師の仕事は、それを引っぱりだすことです。それも、医師が上の方から手を差し伸べて患者を引っぱりあげる、というのではありません。患者さんの後ろに立って、患者さんの目の高さで、いっしょに世界を見て、ともに考えるんです。そして、生きがいを見出すきっかけを示唆《しさ》できればいい」

今井医師は現在、国立病院機構宮城病院の神経内科の診療部長をしている。毎週、水曜日と木曜日はＡＬＳの外来だ。最低でも、一人に対して一時間は診療時間を取るため、一日に診られるのは三人が限度だという。場合によっては、一人の患者さんのために、丸一日を費やすこともある。

「包み隠さず病気の真実を告げる」という今井医師のやり方は、患者にとってある意味非常にきびしいものだ。舩後も、一回目の診察で治癒へのはかない希望を粉々に打ち砕かれた。しかし、それはただ真実を無神経にごろんと投げだす、という乱暴なものではない。ていねいに、時間をかけて、ゆっくりと語っていくのだ。大学病院で告げられ、すべての気力を失っていた舩後が「先生、そこまではっきり言うなんて、ひどいじゃないですか」と抗議する気力が出てきたのも、そのためだっだ。

舩後に千葉東病院へ行くことをすすめた大学病院の若き研修医の父親も、今井医師の患者だったという。

「その方は、校長先生をなさっていらっしゃいました。もうすぐ定年退職というときに、病気になってしまわれたんです。わたしのところにいらしたときには、足の自由がきかず、しゃべることも困難になっていました。その方は『最後の卒業生を送りだしたいけれど、もうその望みも叶わなくなってしまった』と気落ちしておられました。わたしは『そうじゃないんじゃないですか』と申しあげた。『病気を隠す必要なんてありません。立てなかったら、車椅子を使えばいい。しゃべれなかったらコンピュータの自動音声でしゃべることもできるじゃないですか。そういう方法で送ることだってできるんですよ』と提言しました。

結局、その方は、車椅子で出席、祝辞も読んで、卒業生をきちんと送りだされたそうです。それだけのことをなさってから、四月に入院、人工呼吸器を選ばずに、ほどなく亡くなられました。

ちょうどその頃、息子さんが医学生で、卒業間近だったんです。ぜひぼくの診察に同行させてくれ、というお申し出が、お母さまからありました。『この体験は、息子の一生の宝となるでしょう』とおっしゃられて。喜んで引き受けました。

その息子さんが卒業なさって一年目に出会ったのが、舩後さんだったのです。運命の糸を感じないではいられませんね。それで、舩後さんがぼくのところへ、ということになったんです」

舩後にとって、それは奇跡のようなできごとだった。この若き研修医の提言なくしては、自分は絶望の淵に沈んだまま浮上できなかったかもしれない、と舩後は思っている。

〜人生再構築〜

「そんな偶然があって、舩後さんがわたしのところに受診にいらしたわけです。初診のときの舩後さんは、ＡＬＳ発症者の典型的な心理状態にありました。絶望のどん底で、根拠のない希望にすがっていた。治るかもしれない、という希望です。

そう思っているうちは、患者さんは決して前向きになれない。ＡＬＳは、日々なにかを失っていく病気です。きょうは動いていた腕が、明日は動かない。歩けなくなる、しゃべれなくなる、食べられなくなる、呼吸ができなくなる。失っていく一方なのです。治らないんだ、ということを自覚しなければならない。いまある機能も、明日は失われる、ということを視野に入れて、人生を再構築しなければならないのです。

社会でどんな高い地位にあっても、なにを成し遂げてきたとしても、それはどうしようもない。いままでの価値観にしがみついている限り、現在の自分が哀れになる。後ろ向きにしかなれないんです。

前向きになるためには、いままでの価値観を一度すべて手放さなければなりません。大変きびしいことですが、そうするしか方法がない。治ると思っていては、前に進めない。これ以上悪くならない、と予測していたら、予測は裏切られ続ける。病気を正しく知って、受け容れなければなりません。

だからこそ、正しい『告知』が必要なのです。『告げる』だけではなく『生きてゆく知恵』を示唆しなければならない。『告』と『知』がワンセットでなければ『告知』とは呼べません。

そうは言っても、たやすいものではない。医師が高みから『さあ、がんばりなさい』と手を差し伸べても『なんだ、高みの見物をして』と思われてしまう。

だからこそ、患者さんの目線に立って、そこからいっしょに考えていかなければならないのです」


初診のとき、今井医師は、舩後が最後の砦のようにしてすがっていた治癒へのはかない希望を、これでもかというほどに打ち砕いた。その一ヶ月後、舩後は「恨みを晴らしてやる」つもりで、今井医師を再訪した。「そこまではっきり言うことはないではないか」と文句をつけるつもりだったのだ。しかし、すでに否も思うに任せなくなっていた舩後は、立て板に水、というわけにはいかなかった。

「彼っておかしいんですよ。わたしのところにやってきたとき、動かない足を一生懸命動かして、わたしのズボンの裾に触ってくる。『わたしを蹴飛ばそうとしているの？』と訊《き》いたら、そうだという。面白いでしょう。

わたしは、このとき、この人はきっとやれる、と思いました。怒るだけのパワーがあれば、必ず人生を再構築できると」

そこから、舩後と今井医師との二人三脚の、人生再構築へのマラソンがはじまった。

〜普通に生きる〜

あるとき、今井医師は舩後に突然、こんな質問をした。

「娘さん、来年中学受験だそうじゃないですか。父親として、相談に乗ってあげているんですか」

舩後は、鳩が豆鉄砲を食らったような顔をした。手もろくに動かない、ろれつも回らず、歩くこともむずかしくなってきた重病人の自分に、一体この人は、なんの話をしているのだろう、と思ったのだ。

「ＡＬＳになった人は、病気になったとたん、社会的な役割を忘れてしまうんです。普通の人間の日常が、なくなってしまう。そうじゃないでしょ、とわたしは言いたい。自分の娘の学力はどの程度なのか、どのクラスの学校に入れる可能性があるのか、入学金はどれくらいなのか、学費は払えるのか。家長として当然考えなくてはいけないことを、自分から放棄してしまう人が多い。まず、それを取り戻すことが大切なのです」

当時、娘は小学校六年生。父親と距離を置きはじめる思春期の入口にさしかかっていた。しかも、父親は病気だ。「娘は、学校から戻ってもわたしのところに来ないんです。わたしはこんな体だから、自分から娘のところには行けない」と舩後が訴えると、今井医師はこう畳みこんだ。

「それに対して、あなたは一体、なにをしたの？　お父さんのところに来なさいと伝言したの？　娘が『ただいま』って戻ってきたとき、『お帰り』って言ったことはあるの？」

確かに、舩後は自分の病気のことで頭がいっぱいで、娘に「お帰り」の一言を言うことも忘れはてていた。頑固なわりには素直なところがある舩後は、さっそく、帰宅した娘に

「お帰り」と言ってみた。驚いたことに、娘が自分から、父親の部屋に入ってきたという。

これをきっかけに、舩後は「父親としての自分」を少しずつ取り戻していった。娘は、中学受験をしようと志して、一生懸命勉強している。父親が難病に倒れたからといって、あきらめさせるのは忍びなかった。今井医師は、さらに提言した。

「じゃあ、どうするの、っていうことです。教育費をどうやって捻出するのか。あなた、家長でしょう。大黒柱でしょう。お金を稼ぐ方法を考えなさいって言ったんです」

これには舩後も仰天した。こんな体で、どうやって稼げというのだ。舩後は、動かない足で、また今井医師を蹴ろうとした。よしよし、その勢いだぞ、と今井医師は内心、ほくそ笑んだ。

～ステップアップ～

今井医師は、舩後に次々に課題を出した。最初の課題は、ＡＬＳ協会の事務局長に、家族に頼らず、自分自身でコンタクトを取る、ということだった。それをクリアすると、今度は障害者用に作られたコンピュータ「伝《でん》の心《しん》」を使いこなせるようになりなさい、と指示を出した。この先、麻痺がひどくなっていけば、意思の疎通がむずかしくなる。そのときに「伝の心」が使えれば、不自由しないで済む。いずれ訪れる麻痺に備えて、まだ動けるうちから自由に使えるようにならなくてはいけない、という配慮からの課題だった。

今井医師は語る。

「船後さんは、コンピュータなら会社でさんざん使ったから自信があるという。いろいろ訊いていくと、趣味では音楽をやっていて、イラストを描くのも得意だという。じゃあ、コンピュータでイラストを描いてきてよ、と課題を出しました。会社にいるときは、社長のスピーチのゴーストライターもしたという。それなら、エッセイを書いてごらん、とすすめる。イラストもエッセイも、出来がよければ売れるかもしれないよ、と。

残っている機能を上手に使って、自分でも気づかなかった新たな可能性を引きだしていく。ＡＬＳの外来では、そういうことを根気よく続けていくのです。

船後さんは、ともかく負けん気が強くて、課題を出すとぐんぐんこなしていく。イラストも、文章も、ついには企画書まで書いてきました。打てば響く、というほど、反応がいい。このスピード感はなかなか得がたいものだと感心しました。そこで、彼にピアサポートをしてもらおうと思ったのです」

今井医師は、ＡＬＳと診断されて動揺している新しい患者たちを、船後の枕元に連れてきた。船後は「伝の心」であらかじめ用意してあった原稿を、自動音声で読みあげる。ゆっくりではあるが、文章をその場で打ちこみながら、会話をすることも可能だった。「寝たきりの人生など、意味がない」と思いこんでやってくる患者たちにとって、船後の姿は目から鱗だった。寝たきりでも、こんなことができるのだ、と人々は勇気を得て帰っていった。

船後の活動は評判になり、テレビ局も取材にやってきた。それを見て、ＡＬＳ以外の患者や、事故による障害者も、船後に相談に来るようになった。電子メールを通じてのピアサポートもはじまった。

「船後さんは、ともかく反応が早い。患者さんがメールを送ると、すぐに返事が戻ってくる。それが、ピアサポートにとって、一番大切なことなんです。患者さんは、不安でたまらない。いつか時間のあるときに、ゆっくりお答えしましょう、なんていうのでは、役に立たない。その点、舩後さんは待たせない。問いかけたことに、すぐに返答する。それだけで、問いかけた者は心が落ちつくものなんです。舩後さんは、まさに適任でした」

この活動が、結局は、舩後自身の命を救うことになったのだ。他人の役に立っている、その実感が、人工呼吸器の装着を拒否していた舩後の心を翻させた。人工呼吸器をつけて行けるところまで行こう。そう決意させたのだ。

そんな舩後に、今井医師はさらなる大きな目標を提示した。それが、メルボルンでの国際会議への参加だった。舩後は、これも実現させた。翌年のミラノへも行った。舩後の活動は、講演に音楽活動にと、爆発的に広がっていった。

舩後は、いまや「講演料《こうえんりょう》」をもらって講演をする身だ。いまのところ、講演料は経費で消えてしまうが、いつしかそれで生計を立てられるようになりたいと、舩後は望んでいる。今井医師は、患者たちの「就業支援」のために、新たな試みにチャレンジしている。

「テレビ電話を通じて講演ができるようにならないか、と企業といっしょに研究開発をしているところです。技術的には、問題がない。それをどうやって現実のものにするか、実験を重ねて社会にもアピールしているところです。舩後さんにも、実験に参加してもらっ

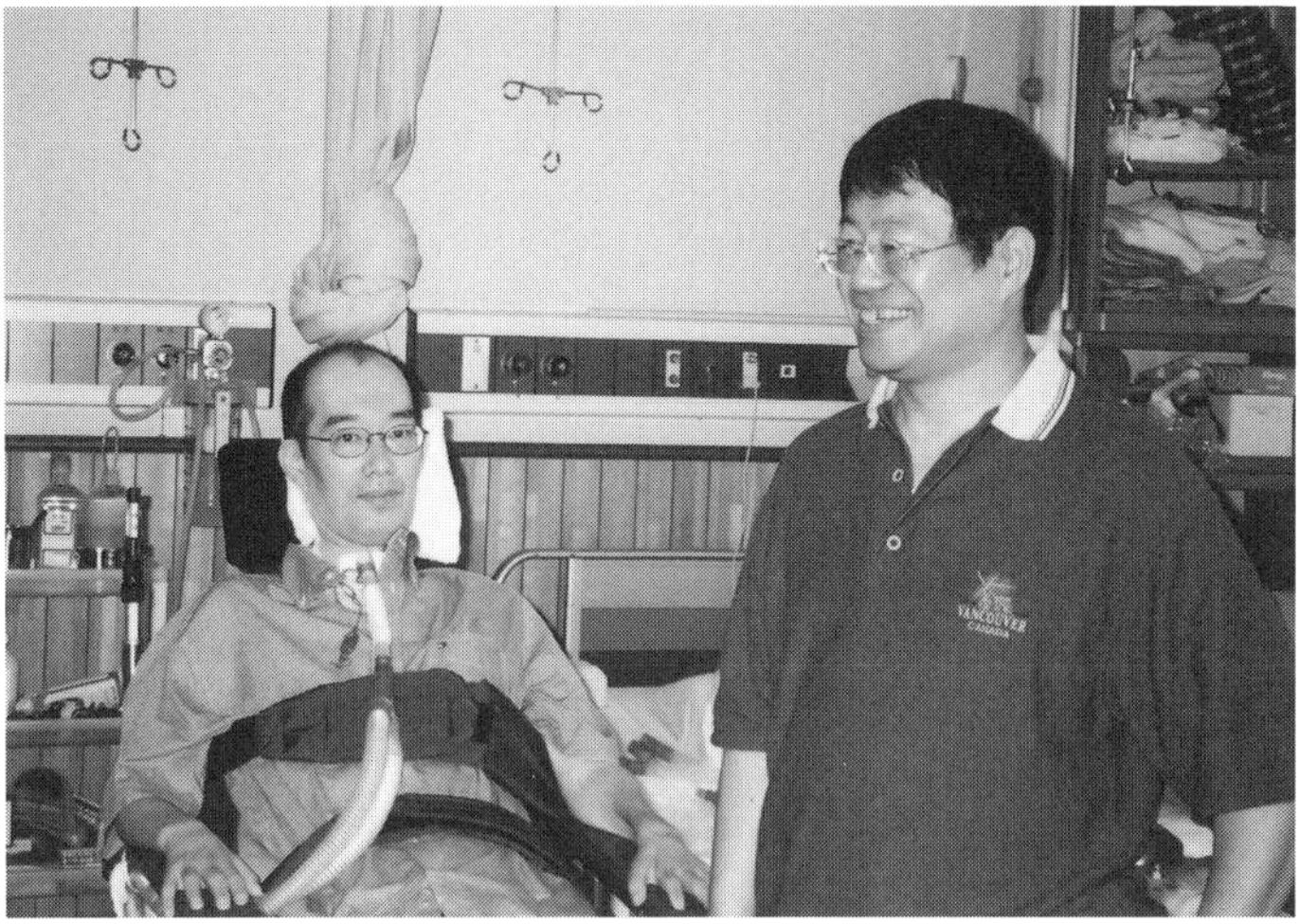

今井医師（写真右）がいなかったら今の舩後の活動はありえなかった。
同時に今井医師にとっても舩後は大事な存在だ。

て、イベントで、病室から会場のみんなに呼びかけてもらいました。

確かに、テレビの画面と、本人が実際にそこに来るのとでは、インパクトが違う。テレビ画面では、インパクトはそれほどでもありません。本人が現場に行けば強烈なインパクトを与えられる。けれど、いろいろな意味でリスクが大きすぎる。人工呼吸器が不調になったらどうするのか。ボランティアが責任を取れるのか。舩後さん自身が『自己責任だからいいです』と言っても、それでは済まされない部分があります。経費にしても、本人が行けば莫大にかかり、採算が合わない。これではとても『仕事』になりません。

わたしは患者さんに『普通の生活』をしてほしい。インパクトは小さくてもいいから、無理をしないでできる採算の合うことをしてほしい。そのための研究でもあるのです」

ヤブ医者め　蹴飛ばしてやる
その時に　すでに勇気をもらっており

【母】

舩後を語るときに絶対にはずせないのが、家族の存在だ。家族があってこそ、舩後はここまでやってくることができた。その家族にも、病名を告げられてからここに来るまでに、舩後と同じような苦難があったことは、想像に難くない。

二〇〇〇年五月、ＡＬＳと告げられてから間もなく、舩後は妻子とともに、実家へ転居した。病気により舩後本人の収入が途絶え、マンションの家賃は大きな負担だ。徐々に病状の進んできた舩後にも、手厚い介護が必要になってきた。妻は働かざるをえず、介護に専念することはできない。結局、実家の母に面倒を見てもらうしかなかった。

舩後は、心苦しく思ったが、母は少しも厭《いと》わなかった。むしろ、積極的に受け容れた。息子の病が不治であると知り、自分の命と引き替えにしても、息子に充分なことをしてやりたい、と願っていたからだ。

舩後には、母の気持ちが痛いほど身にしみた。もし、帰ることのできる実家がなければ、面倒を見てくれる元気な母がいなければ、その時点で家族は、崩壊してしまっただろう。舩後は、心底母に感謝した。このとき、舩後四十二歳、母はすでに七十歳を超えていた。

実家での生活の滑りだしは順調だった。舩後の症状もまだ軽かったので、介護負担もそれほどではなかったからだ。しかし、時が経つにつれ、手が動かなくなり、足の麻痺が進んだ。歩けなくなると、母への負担はぐっと重くなった。さらに、舌の麻痺かろれつが回らず、発声さえ困難になっていった。日増しに悪くなる症状に、舩後は深い絶望を感じていた。きのうできていたことが、きょうはもうできない。毎日がその繰り返しなのだ。この先一体どうなるのだろう、という恐怖にも苛《さいな》まれた。

舩後は、その不安を母にぶつけた。不機嫌に当たり散らすこともあった。「こんな姿になって、生きている意味がない、迷惑をかけるばかりだから、早く死にたい」と言うと、母は必ずこう言った。「わたしが生きている限り、介護はわたしがします。だから、あなたは人工呼吸器をつけて生き続けなさい」と。舩後が「死にたい」と漏らすたびに、母は、何度でも繰り返し「生きなさい」と言い続けるのだった。

孝行をするべき母に介護され
生きながらえる価値のなき我
呼吸器をつけずに逝《い》くと告げたれば
母の眼《まなこ》に滂沱《ぼうだ》の涙
先立てる不幸を詫びるたび母は
肩を震わせ無言の拒否す
「生きて」という母を無視する親不孝
死して行く地もまた地獄なり

介護苦を知っているのに知らないと我看《み》る母に菩《ぼ》薩《さつ》をみた日

舩後は揺れた。人工呼吸器をつけずに死のうと心に決めたのに、母に「生きて」と懇願《こんがん》されるたびに、決心がぐらつくのだ。ほんとうは、どちらが親不孝なのだろうか。人工呼吸器をつけずに死ぬことか、それともつけて介護苦を味わわせることか。

母親には深く感謝しているのに、感情をコントロールできずに当たり散らす自分もいた。そんな自分が、舩後は嫌でならなかった。それなのに、どうしようもなかった。不安だけが膨れあがる。舩後は、泥沼にはまっていった。

介護で地獄を見ているのは、母だけではなかった。妻は、仕事から戻ると、疲れ果てた母から、介護をバトンタッチした。その妻でさえ、仕事で疲れているのだ。それでも、しなければならないことがある。トイレの介護が必要だ。気管切開をしたため、十五分おきに痰も吸引しなければならない。それを怠れば、舩後が窒息してしまう。痰吸引のために、妻は夜もゆっくり眠れなくなった。

実家に戻って自宅介護をはじめてから丸二年、一家は崩壊しかけていた。母も妻も、そして舩後自身も、疲れ果ててしまったのだ。

今井医師は、そんな舩後一家の状況を把握していた。息子の薬を受け取りに来る母親から家の様子を聞きだしていたからだ。

ある日、母親は今井医師の前でこんなことを言って、泣きだしてしまった。

「先生、わたし、一生懸命やっているんです。ぎりぎりまでがんばっています。それなのに、息子は機嫌が悪いし、病院に来れば『あなたが甘やかすから、いけない』と先生に叱られる。あんまりじゃないですか……」

「お母さん、泣いたって、ダメなものはダメなんですよ。あなたは、息子さんに手をかけすぎなんです。だから、息子さんが甘えてしまって、精神的に自立できないんですよ。前から言っているじゃないですか。足が弱ってトイレに行けなくなったら、無理をして連れていかなくていいんです。無理なら、やめなさい。ポータブルトイレ、という方法もあるし、尿《し》びんやオムツ、方法はいくらでもある。

ヘルパーも頼めばいいんです。あなたががんばりすぎて、家にヘルパーも入れないから、息子さんはすっかり引きこもりになってしまった。他人と会うことがなくなって、どんどん社会性を失ってしまったじゃないですか。

そんなことをしていると、息子さんはダメになってしまいますよ。家族も、介護破綻《はたん》してしまうんですよ。わかってますか」

船後家の惨状が手に取るようにわかっていた今井医師は、救いの手を差し伸べてくれた。胃瘻《いろう》の手術で再入院することになった船後に、特別に三ヶ月間の入院を許可してくれたのだ。二〇〇二年五月、病名を告げられて丸二年が経っていた。

船後はこの入院で胃瘻をつくったばかりでなく、人工呼吸器も装着した。そして、爆発的な勢いで、活動を開始したのだ。メルボルンに行き、さらに翌年の秋、ミラノに行った。空港で出迎えた母親は、人工呼吸器につながれたまま意気揚々と帰国した息子を見て、今井医師にこう言った。

「先生。あの子、最近、病気だって感じがしないんです。活躍しているのを見て、自分の息子を誇りに思えるようになりました」

それを聞いた今井医師の胸にも、熱くこみあげてくるものがあった。

【妻】

疲れても笑みを絶やさぬわが妻を
いたわれぬ我　麻痺に泣き暮れ
鬱《うつ》来れば妻の香《か》以外薬《くすり》なし
漂いくれば不安和らぎ
男より働く妻に
来る年は楽してくれ　と言えぬつらさよ

舩後の妻は、小学校の同級生だった。ほがらかに笑う、背筋のすっと伸びた美しい人だ。

小学六年生のときから、ずっと舩後の憧れの人だというのも、よくわかる。

「舩後くんとは、小学六年生から中学三年生まで同じ学校だったんです。中学三年生のときには同じクラスになりました。彼はいつも一人で窓の外を見ているような、シャイで神経質そうな子でした。だから、印象が薄いんだけど、ひとつだけ、はっきり覚えていることがあるんです。水泳の合同授業のとき、プールでターンしようと思いっきり壁を蹴ったら、壁じゃなくて、舩後くんの体の中心の大切な場所を蹴ってしまったんです。あのとき、彼、痛がって痛がって。わたし、悪いけどおかしくておかしくて、笑い転げてしまいました。ほかのことはよく覚えていないけれど、そのことだけはずっと忘れませんでした。だから、彼と結婚することになったとき、言ったんです。わたし、あのときの責任取って、あなたと結婚してあげるのよって」

別々の高校に進学した二人は、二十七歳のときにライブの会場で再会。舩後が猛烈にアタックして結婚に漕ぎつけた。出会ってから、十七年後のことだった。

「『結婚指輪は給料の三ヶ月分だよね』って彼が言うから、内心、期待していたんです。

彼は宝石を扱う商社に勤めていたし、どんなすごい婚約指輪をくれるのかしらって。ところが、ふたを開けてみたら、蚊の目玉みたいにちっちゃなダイヤ。訊《き》けば、その頃の彼の基本給は七万円しかなかった。他にも加給だの手当だのがついて、その倍以上はもらってはいたんですが。基本給がそんなに安かったなんて、そのときはじめて知りました」

二人は、共働きの結婚生活をはじめる。妻は、化粧品の会社で働くビジネスウーマンで、仕事を辞める気はまったくなかった。三十歳で出産。産休明けからすぐに仕事に復帰し、キャリアアップの転職をしながら、いきいきと働き続けた。地位が上がるほどに、仕事も忙しくなる。昼間は、幼い娘を舩後の実家に預かってもらった。

「ある日、娘を迎えに行ったら、娘はもう眠っていました。お義母さんが『寒いし、かわいそうだから、きょうはこのまま置いていきなさいよ』って。お義母さんの言葉に甘えて、置いてきてしまいました。それっきり、娘は預けっぱなし。わたしは週末の通い母。父親も母親も忙しくて、あの子にはずいぶんさみしい思いをさせたと思います。でも、娘は強い子だから、さみしいなんて、一言も言わなかった」

溌剌《はつらつ》と仕事を続ける二人は、いつまでも恋人のような関係だった。そんななか、病魔は音もなく忍び寄ってきていた。

「夫は、ほんとうによく働きました。負けず嫌いで、がんばってがんばって。わたしも忙しかったから、会社帰り、二人で待ち合わせてお食事に行くこともよくあったんです。ある日、彼が遅れてきた。それなのに、のんびり歩いてくる。『なんで走ってこないの』って、わたし怒ったんだけど、後で思えば、あのとき、もう走れなかったんですね。わたしがもっと早く気づいてあげるべきだった、と後悔しました」

いよいよ病状が進み、大学病院で検査を行ったとき、医師は、舩後に知らせるよりも前に、まず家族を呼んで病名を告げた。

「そのとき、女の先生が淡々とおっしゃったんです。ALSです、こういう病気です、このように症状が進行します、選択肢は二つあります、人工呼吸器をつけるかつけないか、つければ生存できるけれど、天井を向いたまま最終的には意思疎通もできなくなります、一旦人工呼吸器をつけると、もうはずすことはできません、たとえ本人の希望でも、はずすことはできないのです、って。まるで『人工呼吸器をつけないで死んだ方がましですよ』と言われたように感じました。悲しみの持っていき場所がなく、先生、ずいぶん容赦のない宣告の仕方をなさるって、そのとき感じました。

お義母さんは声を押し殺して泣いてました。わたしは泣きたくても、泣けなかった。生活はどうしよう、わたしがしっかりしなくちゃって、それればかりが頭をかけめぐりました」

医師は、本人には家族から告げるか、医師から告げるかを選んでほしい、と妻に言った。

「『先生、お願いします』としか言えなかった。わたしもひどいショックで、その場に立ちあうことさえできなかった。だから、舩後は一人で先生の話を聞かなければならなかったんです。すぐに彼のところへ行ってあげたかったけれど、どんな顔をして、どんなことを言ってあげたらいいのか、わからなかった」

しばらく間を置いてから、意を決して舩後のところに行くと、舩後はベッドの上で茫然《ぼうぜん》としていた。

「そのとき、女医さんは『人工呼吸器はお金がかかります。四百万円くらいはかかるかな』っておっしゃってました。後で調べたら、個人の負担額はそんなにかからない。でも、そのときは知らなかったから、先生のおっしゃることを鵜呑みにするしかありませんでした。お義母さんは即座に『人工呼吸器をつけてあげましょう』っておっしゃった。わたしは、そうは思わなかった。ああ、やっぱり自分のお腹を痛めた子に対する気持ちは違うなあって。わたしは思っていましたから。天井を見たきりの生活の方が死ぬより残酷だって、そのときは思っていましたから。当時は『伝《でん》の心《しん》』のことも知らなかったんです。先生は話題にもしてくださらなかった。全身麻痺でも意思疎通ができると知っていたら、わたしの思いも違ったかもしれません」

生活のこともあり、舩後一家はマンションを引き払って、舩後の実家に世話になることになった。

「日中はお義母さんが介護をして、夜はわたし。わたしが帰ってから寝かせるまでが大変でした。本人は動けないから、一旦姿勢を決めると、そのままになってしまう。だから、一番楽な姿勢をあれこれ試行錯誤するのです。枕の位置を決めるだけでも、二十分もかかってしまう。絡まった痰を吸引するのでまた十分。あのときは、地獄でした。その頃のわたしの睡眠時間は、毎日二〜三時間」

時を追うに従って、介護は過重な負担となっていった。充分な介護をしてあげたいという心はある。けれど、どうしても体がついていかないのだ。

「お義母さんはボロボロ、わたしもボロボロ。仕事場でパソコンを打っていても、目を開けたまま眠ったりしている。そんな状態でした。そんなとき、今井先生に言われたんです。『奥さんはワン・オブ・ゼム（one of them）でなくちゃいけないよ。ご主人を支える大勢のなかの一人でなければいけないんだ。家族だけで全部やろうとするから、無理が来るんだよ』って」

それでもなお、家に他人を入れることには躊躇《ちゅうちょ》があった。なによりも、舩後自身が他人に体を触られるのを嫌っている。

「それなら、がんばって家族でやれるところまでやろう、って思っていたんです。ところがある日、お風呂で手が滑って、彼をつるんと転ばしてしまいました。わたしが舩後の下敷きになって、二人とも身動きできなくなってしまった。お風呂にあんまり時間がかかるので、お義母さんがおかしいって思って見に来てくださるまで、そのままでした。

そのとき『ああ、もう家族だけでは見られない』って思ったんです。やっと、介護サービスを呼んだり、友人の手を借りる気になりました」

決意をして心の壁を越えると、新しい世界が開けた。

「友人たちは、ほんとうによくしてくれました。みんな、陰になり日向になり、どれだけ助けてくれたか知れません。病名が判明してから二年間、船後が少しでも動けるうちは、海に山に温泉にと、船後を連れだしてくれて、家族ぐるみでつきあってくれました。歳をとったら、みんなでいっしょに老人ホームに入ろうなんて、結構本気で話していた。『無償の愛』っていうのは、こういうことだって、実感しました。船後も、そのおかげで楽しい思い出がたくさんできました」

そこまで助けてくれる友人がいたにもかかわらず、介護地獄は解消できなかった。

窮状《きゅうじょう》を救ってくれたのは、千葉東病院への入院だった。三ヶ月間という約束の、緊急避難的な入院だ。退院後の舩後の受け入れ先は、なかなか決まらなかった。
そのとき、妻は舩後に、こんなメールを送っている。

題名：あのさー
送信日時：2002/05/16
あんたはだいたいねえ〜危機管理意識がたんないんだよ。3か月後東病院ほうりだされたらどこ行くんだよっ？　直前になって行くところがなくて右往左往するのはわたしなんだよ。パパを埼玉に行かせたくないから、それ以外の可能性を必死に探してるんじゃないか。いざとなったら、また実家に帰ればいいって思ってないか？　ほんの少しでもそういう気持ちがあるなら、今すぐその甘えをすててくれ。このばかやろう！　もっと先のこと先のことを考えてくれ。……あんたの甘ッチョロイ人生設計で家族を振り回すな！

一見キツイと思われるこんな文章も、実は舩後を奮起させるパワーになっていた。人工呼吸器をつけずに死のうと思っていた舩後のなかで、なにかが音を立てて変わっていった。

「彼が入院してくれたおかげで、わたしは介護地獄からは解放されて、ほんとうにほっとしました。心に余裕ができた分、やさしくなれる。この頃は、休憩中に携帯電話から、ずいぶんメールを送りました。このときが、わたしが一番やさしかった時代（笑）」

舩後の麻痺は進み、やがて、究極の選択を迫られる日がやってきた。人工呼吸器をつけるかつけないかは、そのまま生か死かの選択だった。

「『家族に迷惑かけたくないから、つけない』なんて言われて死なれたら、困る。こっちは一生引きずってしまう。だから、生き死には、そんなことで決めてほしくない。『ほんとうに自分がどうしたいのか、それだけで決めてくださいね』って、いつも舩後に言っていました。

舩後は『つけない』と宣言していました。彼自身の決断だからしょうがない。この苦しい状態も、あと二〜三年で終わるだろうって思っていたんです。終わりが見えていたからこそ、トコトンがんばれた。

ところが、今井先生に『人工呼吸器をつけますか』って訊かれたとき、舩後が『つけます』って答えたから、ビックリ。見えていたゴールが、急に消えてしまった気分（笑）」

その選択は、舩後の転換点であるとともに、家族の転換点でもあった。

「夫があの状態で生きていくことになったとき、わたしは、きれいでしあわせでいようと決意しました。妻がみすぼらしくて、不しあわせそうな顔をしていたら、夫があそこまでがんばって生きている意味がない。わたしがしあわせでいることは、夫の甲斐性を守ることと。夫は、奥さんをヨレヨレにして生きていくような男じゃないってことを、世間に証明すること。だから、毅然としていたい。せめて毅然としたフリだけはしていたい。わたしって見栄っぱりなのかもしれませんね（笑）」

そう言う彼女は、確かに毅然として美しい。「自分を犠牲にして尽くす」というのとは違う愛の形が、そこにはある。

「病人や障害者を抱えた家族には、やってあげられないつらさ、を感じている人、いっぱいいると思うんです。でも、やれなきゃ、やらなきゃいいじゃん、って思う。やるだけのことをやれば、あとは家族以外の人がやってくれる。それを受け容れる最初の一歩が大変なんだと思います。でも、早いとこ受け容れないと、破綻しちゃう。やっぱり、自分が一番しあわせじゃなきゃ、ダメ。それが、みんなのしあわせの根源になるんです」

つらい介護破綻を乗り越えて、彼女がたどりついた結論がそれだった。彼女はそれを、自分の言葉にまとめた。ここには、体験した者でなくてはわからない本音が凝縮されている。介護する者もされる者も勇気づけてくれる、すばらしいメッセージだ。

患者と一緒になって絶望しない。泣いてる暇があったら明日の糧《かて》を探す。なるべく多くの知り合いに病気の内容を知らせ、さまざまな協力を依頼する。まわりに迷惑をかけてはいけないなどとは思わない。家族だけで背負いこむと、いつか肉体的・精神的に限界がくるから。国からどのような援助を得られるのかを調べる。かわいそうだからと、患者の希望だけを重視しない。仕事に家族の病気をできる限り持ちこまない。なぜなら最初のうちは同情で色々と考慮してくれても、それに甘えすぎていると、いつかは両者の重荷になるから。きょうび、社会は甘くない。あと、患者の前で悲しそうにしない。悲しくてもへーきな顔して笑ってる。または怒ってる。出来る限り・・・。我慢出来なくなったら、患者の前で大泣きする。でも、いつもちょっとずつ悲しそうに泣いてちゃいけない。

寄り添いながらも、適度な距離を置き、互いに自立する関係。そんな関係を築いてくれた妻がいたからこそ、いまここにしあわせでいられる自分がいるのだと、船後はいつも感謝している。

【現在】

二〇〇三年六月、船後は千葉市にある身体障害者療護施設に入所することができた。以来、現在まで、船後はそこで生活している。

船後の生活は忙しい。依頼された作詞、ピアサポートの電子メール、エッセイを書いたり、講演の原稿を作成したり、スケジュールをつくったりと「伝《でん》の心《しん》」を駆使して作業をしている。船後は、居ながらにして世界とつながっているのだ。

お風呂は週に三回、三人がかりで一時間ほどかけていれてもらう。体を洗ってもらい、拭ってもらい、服を着せてもらい、髪を乾かしてもらい、そのすべてをやってもらう。妻が「王様病」と呼ぶ由縁《ゆえん》だ。

おしゃれな舩後は、昼間はパジャマなどでいたりしない。ベッドのなかにいても、きちんと着替えて一日を過ごす。「王様病」であるから、着替えは自分ではしないけれど、服を選ぶのは自分だ。

夏の間は、アロハで過ごす。柄違いの派手なアロハが、箪笥《たんす》には何枚もかかっている。それだけではない、指輪も、ブレスレットも、服に合わせて身につけている。選ぶのは、もちろん舩後自身だ。

音楽や文筆、講演などで一人前に稼げるようになりたい、という気持ちも抱き続けてきた。そんな舩後を応援する「就業支援」のホームページも、有志によって立ちあげられた。果敢に挑戦していると、いつもだれかが、手を差し伸べてくれ、新たな世界が開けていく。

週末になると、妻と娘が訪ねてくる。大学に入って服飾デザイナーになるための勉強をはじめた娘は、この頃、宿題が多くて、なかなか顔を出せなくなった。それでも、携帯メールでいつでも言葉を交わすことができる。

最近、舩後の額の皺《しわ》の調子が、悪くなってきた。コンピュータを打つにも、以前の十倍

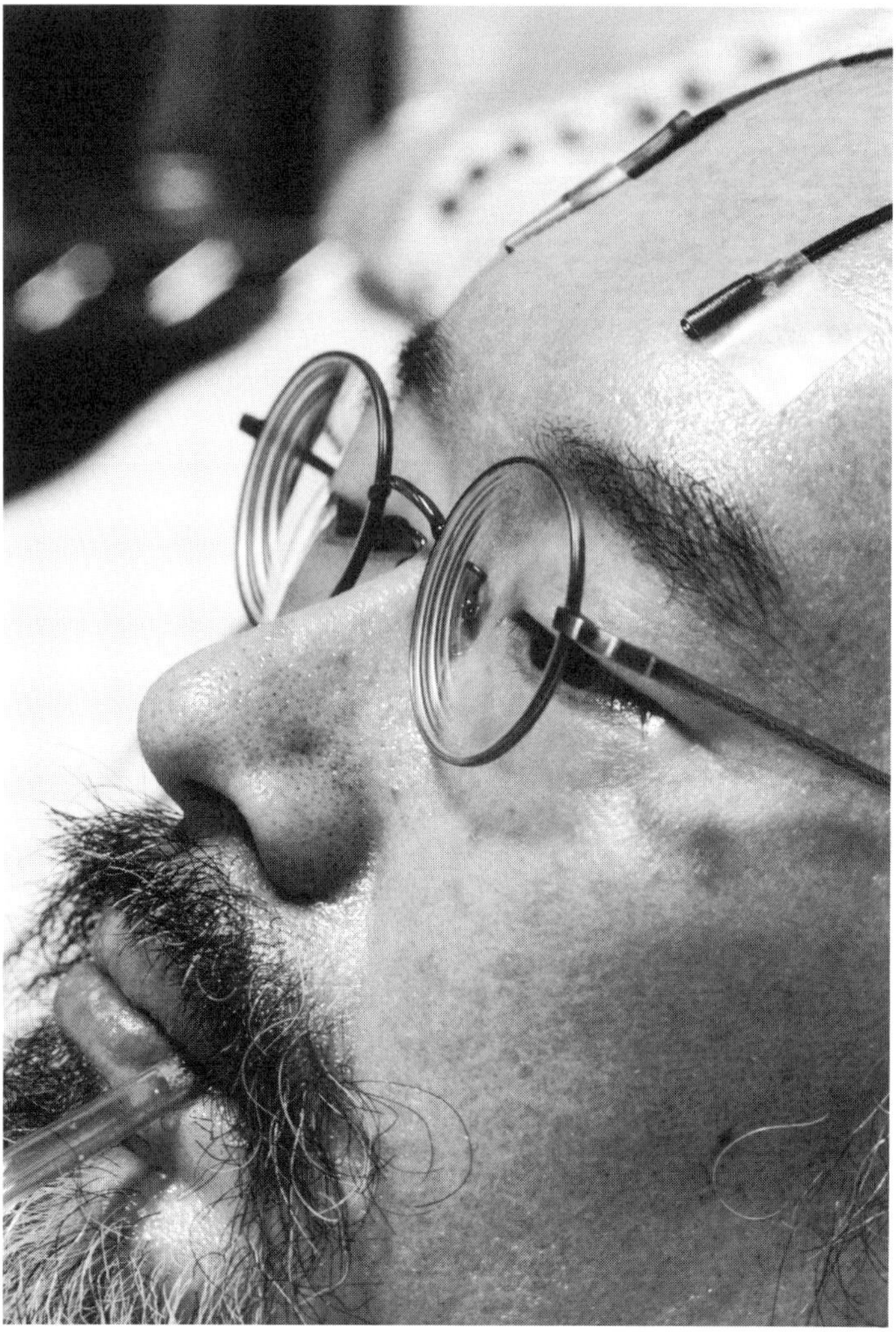

額に取り付けたセンサーで、皺の微妙な動きを感知して「伝の心」をあやつる。

以上も時間がかかるようになった。筋肉がさらに衰えてきたのだ。もうすぐ、眼の動きによる入力に切り替えなくてはならないかもしれない。

眼球は、最後まで障害されないことがほとんどだが、なかには、その機能さえ失う人もいる。そうなると、意思表示が事実上不可能になる。「トータル・ロックトイン」と言われる状態だ。ＡＬＳ発症者が、もっとも恐れる状況である。舩後もまた、それを恐れずにはいられない。

呼吸器で延命をした者のみが味わう責め苦
眼球の麻痺
十人に一人は眼球麻痺となる
俺はならぬと賭けには出たが

呼吸器をつけ麻痺の果て石と化す覚悟で生きる
それも道とし
世が進む研究素材となれるなら
生きた証をそこに刻まむ
芋虫《いもむし》か寝返りさえも打てぬけど
夢で青空舞う大揚羽《あげは》

ＡＬＳのきびしいところは、症状の進行が止まらないことだ。事故や病気の後遺症であれば、症状は一定のところで固定する。しかし、ＡＬＳではそうはいかない。最後の瞬間を迎えるまで、病気は常に静かに進行し、筋力を奪ってゆく。

奪われることに慣れることなど、だれにもできない。そのたびに、患者は新たな自分を受け容れる努力をし、その痛みを乗り越えなくてはならない。乗り越えても、乗り越えても、また次なる壁がやってくるのだ。それが、並々ならぬことであることは確かだ。

だからこそ、今井医師の言うように、それを支援する「継続された告知」が必要だと、舩後は思う。医師は、単に病状を「告」げるだけではなく、残った機能を使って、どうやってより快適に暮らしていくのか、その「知」の部分こそを大切にしてほしい。そして、その「告知」は、ただ一度で終わるものではなく、生きている限り、続いていくべきものなのだ。

舩後は言う。いまにして思えば、千葉東病院に行ったのは、治療をするためではなかった、と。ＡＬＳは不治の病だ。治療はできない。千葉東病院に行ったのは、ＡＬＳという病になった者として、どうやって前向きに生きていくか、その「生き方」を学びに行った。生き方を示唆《しさ》し、ピアサポートという生きがいの扉を開けてくれたのが、今井医師だった。舩後は今井医師を、命の恩人だと感じ、深く感謝している。そして、今井医師が舩後に対して開いてくれた扉を、いま、一人でも多くの人に伝えたいと願っている。

舩後の存在そのものが、人々に大きな感動を与える。生きるとはなにか、人間にとって大切なことはなにか、それを深く考えるきっかけを、舩後は人々に与え続けている。それこそが、舩後がなによりも人々に伝えたいことなのだ。舩後からのメッセージで、この本の最後を飾ろう。

（文中敬称略）

あなたに伝えたいこと

船後靖彦

【王様病】

ＡＬＳとともに生きる舩後靖彦です。妻は、わたしの病気を「王様病」と呼んでいます。そして、わたしに時折「この裸の王様め！　いばるんじゃありませんよ！」と戒《いまし》めてくれます。本人いわく「天使のようにやさしく戒める」のだそうですが……。

妻がわたしを「王様」と名づけた理由は、三つあります。

一つ目は、わたしが病気なのをいいことに、ちょっとわがままを言うから。おしゃれなアロハを買ってきてくれとか、まぁ、ご愛嬌程度のわがままであると、自分では思っています。

二つ目は、わたしが生活している施設の介護の様子です。全身麻痺のわたしは、日常生活は、自分ではなに一つできません。顔を洗うのも、歯を磨くのも、痒《かゆ》い背中を掻くのさえ、人にしてもらっています。施設での毎日は、まさしく「王様」のように、至れり尽せりの生活です。訪れる人すべてが納得するほどの手厚い、ほんとうに手厚い介護を受けています。感謝の念にたえません。

三つ目は、わたしの生き方を見て、妻が「王様」と名づけてくれたことに由来しています。わたしは「人間どんな姿になっても、人生をエンジョイできる」を信条としています。

どんなピンチに立たされても、自分らしく、いまやれることをやりぬく。病気なんかに負けず、いや病苦を克服することさえ、ひとつの楽しみとして挑戦し続けたい。真実の強さを持ったほんとうの「王様」のように堂々と生きたい。それがわたしの願いです。その願いにちなんで、妻はわたしを「王様」と呼んでくれました。

しあわせとは、彼方《かなた》からやってくるものではありません。自分自身のなかからつくりだすものです。であれば、人はどんな状況に置かれても、自らしあわせをつくりだしていける存在ではないでしょうか。たとえわたしのように全身麻痺になっても。

そのことを、わたしはわたしの生き方を通じて、みんなに伝えたい。「しあわせの王様」として、堂々と生きていきたいと願っています。

そんなわたしに、妻はこんなメールをくれました。恥ずかしながら、ご紹介させていただきます。

王様へ

しかし王様も成長したねえ。自分の病気を知ったばかりの頃なんて、「誰にも知られたくない」「弱みを見せたくない」「そっとしておいてくれ」って感じで、ピリピリしてたよね。だけど東病院に受診に行く度に主治医の先生に尻をたたかれて、あまッチョロイ考えをたたきのめされて、ちょっとずつ前を向いて進めるようになった。ほんとに手のかかるやつだ！　だけど、世の中そんなにつよい人間ばかりじゃないよね。ＡＬＳなんていう、わけのわからない病気をすぐに受け容れられる、強い心の人なんているわけないもの。だからパパが、いくらパパの「生きがい」としての、新しい患者さんへの応援メッセージを出しても、もしかしたら自分の病気を知ったばかりの患者さんや家族には、かえってきびしいものかもしれないね。だって、現実なんて見たくないだろうし、他人の励ましなんて聞く余裕なんてないと思う。だけど現実に王様は、強くなってきてるんだし、成長した。いろんな時期をへて。

こんな弱虫のわたしでさえ、つらい時期を乗り越えて、いきいきと生きることができたのです。全身麻痺でも、こんなにも人生を楽しんでいる。いま、人生のどん底だと思っている人、絶望の淵にいる人に、ぜひそのことを知ってほしい。みなさんに生きる喜びを伝えたい、と思っています。

病苦さえ　運命《さだめ》がくれたゲームだと思える我は「しあわせの王」

【挑戦者】

〜「生きてゆく」とは、挑戦者として「人生ゲーム」を楽しむこと〜

人生とは「永遠の眠り」につくまでは、ゲームの繰り返しです。これをわたしは、「人生ゲーム」と呼んでいます。これに、常に勝ち続けることはあり得ません。でも、負けたからといって、そこでグズグズしていると、またたく間に歳を重ねてしまいます。それは実にさみしいことです。つまり、人生「死」んだも同じです。だからわたしは、良いことすなわち〝勝ち〟も、悪いことすなわち〝負け〟も同じに味わい、楽しめればと思っています。良いことは素直に喜び、悪いことでも次に期待する。という具合に、たとえ負けても、その場に立ち止まることなく、次は勝つぞと前に進むのです。人生の終わりがいつなのかは、だれにもわかりません。が、立ち止まれば終わり。繰り返しますが、すなわち「死」と同じです。「永遠の眠り」につくまでは〝挑戦者〟として、「人生ゲーム」を続けていきます。そこには、「死」の付け入る隙、つまり「死」を恐れる暇などはありません。
「生きてゆく」とは、そういうことだとわたしは思います。

俺らしく　いまやれることやりぬいて
走り続けん　いまこの瞬間《とき》を

二〇〇八年夏　船後靖彦

◉再刊のあとがきにかえて◉

「船後さんの命、いつ尽きるかわからない」そんな思いにかられて、必死で本書をまとめたのは、2008年のことでした。しかし、後になってみれば、それも笑い話になるほど、船後さんはその後も元気に暮らしています。その上、介護関連の会社の副社長として、社会復帰まで果たしました。「え、全身麻痺で、どうやって仕事を?」と不思議に思いましたが、現場に行ってみて、深く納得しました。介護施設の利用者、それもヘビーユーザーである船後さんの視点を取り入れることで、一層よき介護ができる施設が作れるからと、大英断をして彼を雇った女性社長がいたのです。それは、看護師から介護看護施設経営となった佐塚みさ子さんでした。佐塚さんのご両親はろうあ者。子どものころには、親が障害者だからといじめられ、それがいまのお仕事につながったとのこと。なによりも、利用者の視点で運営したいと、最重度の障害を持った船後さんに白羽の矢を立てたのでした。

現在、船後さんは自宅介護を受けながら自立。マンションの隣の部屋が会議室です。彼は、コンピュータに言葉を打ち込み、会議に参加して、さまざまな提案をしています。また、コンピュータの合成音声を使ったり、仲間に自分の来歴を朗読してもらったりして、大学を始め、様々なところで講演活動も活発に行なっています。

「全身麻痺でも社会復帰できる」という船後さんの人生は、これからも多くの人に希望を与えてくれるでしょう。佐塚さんに出会うことで、船後さんは「介護者の都合」ではなく、「利用者にとっての最善」を考えた良質の介護を受けることができるようになりました。「不可逆」と言われているＡＬＳの症状さえ改善されています。出会ったころは、顔もパンパンで、全身で動くところは額の皺のみ。その皺でコンピュータを操っていた船後さんでしたが、適切なケアでむくみが引いたために、顎が動くようになりました。いまでは歯で噛んで入力をしています。以前よりもずっとスピードも早く、正確に入力できます。そして、なによりうれしいのは、船後さんが笑えるようになったことです。久しぶりに会った船後さんが、笑顔を見せてくれたとき、どんなに驚き、またうれしかったことでしょう。笑顔一つで、人は人と、魂を触れあえるのだと、つくづく感じました。

船後さんが講演で使っている朗読劇を、付録として再録します。さまざまな場面で上演していただければ、光栄です。可能であれば、ぜひ船後さん本人に講演をご依頼ください。全身麻痺でも講演ができます！　船後さんと、彼を支援するみなさんのますますのご活躍をお祈りしています。希望の輪が、もっともっと広がりますように！

二〇一六年四月　寮 美千子

船後靖彦**講演会**　問合せ・連絡先：チームふなＧＯ！事務局　kouenkai@earth-sabοten.co.jp

［付録／朗読劇］

全身麻痺でも社会復帰

——命ある限り道は拓かれる・ＡＬＳの舩後靖彦の挑戦

それは、突然やってきた。舩後靖彦41歳、ALSと診断される。

【宣告】

告げられて我も男子と踏ん張るも　その病名に震え止まらず

その日、わたしは大学病院のベッドの上に正座していた。十一階の窓からは、緑の森が見えた。けれど、それはどこか遠い、見知らぬ場所のように思えた。不安でならなかった。体の異変を感じはじめて十ヶ月、ようやく受けた検査だった。病室の扉が開き、白衣に身を包んだ担当医が三人、揃ってやってきた。三人もいっしょに来るなんて、と悪い予感がした。医師はゆっくりと、病名を告げた。「筋萎縮性側索硬化症、略してALSといいます」。聞いたこともない病気だった。

医師は、まるで表でも読みあげるように、淡々と語りはじめた。

「体中の筋肉が、徐々に弱っていく神経の病気です。原因がわからず、有効な治療法もまだ確立していません。いわゆる『難病』です。四肢麻痺、つまり手足が麻痺し、やがて動けなくなります。舌も動かなくなり、しゃべることも、食べることもできなくなります。症状の出方は様々ですが、いずれ全身麻痺になることは、免れません。自力での呼吸もできなくなります。個人差はありますが、平均三年から四年で、絶命します。死因は、呼吸筋の麻痺による呼吸不全です。しかし、呼吸器を装着して延命する道があります。選択は、患者さんの自由です」

わたしは微動だできなかった。声すら出ない。視野がぐんぐん狭まり、狭い筒から世界を覗いているような気がした。窓の外の風景が歪み、輪郭を失い、色が溶けだして、すべてが崩れていく。光に満ちた過去と、失われた未来とが、走馬燈のように心をかけめぐった。涙が溢れかえり、無言のまま、心の中で絶叫していた。

「四肢麻痺」「全身麻痺」「呼吸停止」「治療法がない」「平均三年から四年で絶命」……。医師の語る言葉が、刃物のように心に突き刺さる。病気の概要を告げられるのに、五分とかからなかった。医師は最後に言った。

「なにか、ご質問は」

「呼吸が停止して死ぬときは、苦しみますか」

「心配いりません。意識が朦朧となり、静かに息を引きとられます」

ＡＬＳ　はじめて耳にするその名　医師の宣告　余命三年
その時は苦しみますかと訊《たず》ぬれば　静かに逝くと医師は微笑み

【企業戦士】

病気になる前、わたしは、ダイヤモンドと高級時計を売る会社の企業戦士だった。

休日もダイヤ見たさに会社へと　はやる気持ちは初恋のごと
「惚れるなよ売れなくなる」とボスの声　きらめく宝石《いし》を手放すつらさ

宝石部へ配属となった一九八八年、バブルはまさに絶頂期。ダイヤモンドの需要も、すさまじいものがあった。売り上げもうなぎ登りだった。バブルの大波に乗ってこのまま、どこまでも行ける、なにもかも思い通りになる、そんな気がしていた。

この星のダイヤ残らずかき集め　天下取る気で売りまくる俺
ライバルに勝って月末有頂天　なのに勝利の美酒ひとり酒

バブルが崩壊しても、ダイヤモンドの売り上げが落ちることはなかった。世間が不況に苦しむなか、わたしは年に六億円台の売り上げを、八年間も連続でたたきだしていた。わたしは、不死身のセールスマンだった。しかし、会社はそうはいかなかった。財テクの失敗による多額の負債を抱え、宝飾部門の閉鎖が決まった。こんなに利益を上げているのに、なぜその仕事を奪われなければならないのか。わたしは、独立を決意し、辞表を出した。そして、それまで息もつかずにがんばってきた自分へのご褒美として、以前より憧れていたインドへと旅をした。

幻想の月夜に浮かぶ古城みて　マハラジャ気分しばし味わう
再訪の夢抱きつつ　巴里ゆきの　エアの真下の印度みつづけ

【予兆】

日本に戻って、仕事を再開する。これからだ、と思っていた矢先、こんなことが起きた。

十歳の愛娘との腕相撲　負けて嬉しい花一匁
歯ブラシが手からぽろりと落ちたのが　地獄の使者の挨拶始め

病の予兆だった。やがて、体調はますます悪くなる。

脳の指示無視して動かぬわが右手　筋書き掴めぬ劇の幕開き
指もつれ鞄掴めぬ通勤路　たすきにかけて若者ぶって
傍目には異常に見えぬ俺の腕　ぶらりぶらりと呑気に揺れて
わずかなる段差やたらとつまずくも　年のせいだと己慰め
靴先が裂けるほど足ひきずりて　病の影に怯えはじむる

【失態】

二〇〇〇年一月、商談のため、イタリアのミラノへと向かった。しかし、体の衰えは隠しようもなかった。

旅券さえ麻痺した手には鉄アレイ　搭乗だけで汗にまみれて
Yシャツのボタンはずせぬ指なれば　着替え横目に着たきり雀
犬食いのできぬ接待晩餐会　腹の鳴るたび麻痺の手恨み

【泥沼】

頼みの指さえ徐々に動かなくなり、キーボードを打つこともむずかしくなった。ビジネスマンとしての自分の全盛期はこれで終わった、と感じないではいられなかった。日常は、もはや泥沼の様相を呈してきた。地獄だと思ったが、ほんとうの地獄は、その先で待ちかまえていたのだ。このときの苦しみは、まだ単なる序曲に過ぎなかった。

妻の肩　杖にするとは情けなや　大黒柱となるべき我が
毎日がヒマラヤ登山の己が日々　ただ一歩さえ　肩で息して

【絶望】

いくつもの病院を渡り歩き、とうとう病名がわかった。ＡＬＳという不治の病だと告げられた。

何をする気力も湧かず引きこもる　ただ絶望の海に溺れて
「不治」という単語ばかりが聞こえくる　病名告げる医師の唇

【気管切開】

入院。やがて、呼吸も苦しくなってきた。

吸いこめど吸いこめどなお吸いこめず　苦しさに胸掻きむしりたし
力無きわが肺もはや虫の息　死の足音のただひたひたと
「生きたけりゃ喉かっさばけ」と医師が言う　鼻では酸素間に合わないと
女医さまが喉すっぱりと切り裂けば　濁流のごと満ちいる酸素

【胃瘻】

初夏を迎える頃になると、口からの食事ができなくなった。「腹部に、胃まで貫通する孔をあけ、そこからチューブで流動食を流しこんで栄養を摂りましょう」と医師にすすめられた。この孔は「胃瘻」と呼ばれる。わたしはこれを頑なに拒み、断食僧のような日々を送った。

この病　舌が麻痺して飯食えず　放っておけば　餓死もありえて

餓死寸前で、手術を承諾した。胃瘻を造り、チューブから流動食で栄養を補給するようになった。

液体を管から腹に導けば　これフルコース　餓え凌ぐのみ

【呼吸器】

気管切開して一時しのぎできたものの、さらに呼吸の力は衰え、このままでは死に至ることはわかっていた。呼吸器をつければ、生きながらえることができる。しかし、それは家族に負担を掛けることにもなる。このまま、運命に身を任せて死のうと思ってはみても、心の底には、生きたいという気持ちがくすぶっていた。

子を見れば生きたくなるが　介護苦は与えられじと　迷い振りきる

呼吸器をつけずに死ぬと決めし夜に　娘の目見て　無言で詫びる

隣のベッドで療養中だった男性の容態が急変した。数日前まで家族と談笑していたのに、突然、呼吸困難に陥って危篤となり、息を引き取ってしまった。空になったベッドを見て、思った。いつまでも決定を先延ばしにするわけにはいかない。悩んでいるうちに、死神が自分をさらっていくだろう。そう思うと、いてもたってもいられなくなった。さっそく医師を呼んで、呼吸器の装着を依頼した。生きる勇気を持った、というより、目前の死の恐怖に背中を押されての決定だった。二〇〇二年八月、病室の窓から見える真夏の青空がまぶしかった。

成せる事成すが生きがい生きる意味　延命決めて　いま呼吸器を
喉穴に管をつなぎて息すれば　呼吸器もわが愛しき臓器

【生き甲斐】

同病の友と、メールを交わす。告知され、打ちひしがれている人に、自分の体験を語ることもあった。あの時のつらさがわかるから、彼らのつらさも身にしみるのだ。

生きる夢失くした人の嘆き知り　我と同じと目に熱きもの
俺も人　涙より笑みつい見たく　同病の友にエールを綴る
わが文を読む同朋に笑みこぼれ　俺に成せるはこれと火が点く
「きみの役　ピアサポート」とおだてられ　雑感書くが生きがいとなる

友が喜んでくれる。生きる力を取り戻してくれる。それが、わたし自身の生きる力になった。ピアサポートという生き甲斐を得、社会のなかでの居場所を見つけたとき、生存への欲求が火山のように爆発した。生きることは楽しい、生きていることはうれしい、生きているだけで価値がある。人間、どんな姿になっても、人生を楽しむことができるはずだ。そう思えば、すべてが光に満ちていた。

サポートし　笑みでお返し貰うたび　すがすがしきもの体に満ちて
感謝され　わが喜びも百倍に　ピアサポートの真意に気づく

【暗転・いじめ】

ピアサポートや講演が軌道に乗り、気持ちよく暮らしていたわたしだが、突然、黒い雲が日々を覆った。利用者にも評判のよかった事務長が辞め、施設の雰囲気が一変したのだ。介護士から、朝の挨拶もしてもらえない日々が続いた。

二十日間我を無視する鬼の人　火種も知れずあけるのを待つ
入浴日一日減は俺だけと知らずに二年　涙ひとすじ

医療保険で処方されていた無料の経腸栄養剤を「法律が変わった」と言われ、毎月自費で購入することになった。法律は、弱者にやさしくない、と思ったものの、当時は、疑いもしないわたしだった。

変えた液　この身にあわず下痢続き　多い日五回　頬骨も浮き
毎食後　シーツを汚す栄養剤　「変えて」と頼めど　ナースは無言

「なぜ、こんな目に」というような状況が、15か月間も続いた。わたしの心と体は、悲鳴を上げていた。下痢を頻発したために栄養失調になり、全身がむくみだした。頭から足の先まで、ぱんぱんに腫れた。やがて、ひどいめまいに襲われるようになった。体が少し揺れただけでも、気分が悪くなってしまう。ベッドの上で、身じろぎもできずにいるのに、日々船酔いをしているような状況だった。

支配者と君臨するが鬼ナース　福祉の秩序どこ吹く風か

【新天地】

もうこの施設にはいられない、と思うようになったとき、友人から、「在宅生活」の可能性を教えてもらった。全身麻痺でも、訪問介護を受けることで、一人暮らしができるという。訪問介護をしている会社の社長を紹介してもらった。その人は、わたしに明るく希望に満ちた未来を語ってくれた。不安はあったが、新天地を目指そうと思った。施設を出て一人暮らしをすることを決心した。たまたまラジオで聴いた、ビジネス成功者の「いやな場所から逃げるのが、成功の秘訣」という話も、背中を押してくれた。

施設から逃げる算段整えば　布団の下で笑みがあふれ出
新天地意気揚々と到着す　維新の志士の気分になりて

ところが、思わぬものが待ち受けていた。あんなにも親切そうでやさしかった家主が、わたしが越したその晩から、豹変して「鬼」になったのだ。信じられなかった。まるで悪夢だ。その日から、儲け主義の家主とやる気のないヘルパーによるいじめとネグレクトが始まった。全身麻痺の自分には、どうすることもできない。24時間、３６５日、誰かにサポートしてもらわないと生きていけないわたしだ。文句を言えば、どんな目に遭うか、わからない。最悪の場合、死に至るかもしれない。そう思うと、どんな仕打ちにも、ひたすら耐えるしかなかった。

越した晩　家主が見せたその顔は　施設の鬼とかわらざりけり
寝付くころバンバンババン音がする　掃除と称する鬼の介護士
病院・施設・一人暮らし　いずこへ行けども同じ鬼あり

ナースコールを押しても、誰も来てくれない。なぜか、コールが鳴らないのだ。長時間、コールが鳴らなくても、ヘルパーはおかしいとさえ思ってくれない。様子も見てくれず、わたしは放置された。痰がつまっても処置してもらえず、とうとう、メールを使って外部にＳＯＳを出したこともあった。外から看護師に電話をしてもらって、ようやく、痰の吸引をしてもらったのだ。

【出会い】

そんな中、ポンポンと遠慮なく物をいう元気なおばさんが、看護師としてやってきた。四面楚歌のなか、この人だけが親身になって、わたしの世話をしてくれた。むくみきったわたしの体を見て「接種する水分が多すぎるのでは？　減らしてみたら？」といきなり提案されたときには、驚いた。急にそんなことをしたら、脱水になってしまうのではないかとひどく心配になったが、説得され、モノは試しと、やってみた。すると、どうだろう、翌日には、もう気分が爽快になっていたのだ。わたしは思わず「水分をもっと減らしてください！」と懇願した。彼女は「やり過ぎはダメよ」と笑い、手足を丹念にマッサージしてくれた。すると、ぱんぱんに膨らんでいた手足が、みるみる緩んでいった。しばらくすると、十年来悩まされていた目眩も消えた。水浸しだったわたしの体からも、三半規管からも、引き潮のように水が引いていったのだ。顔のむくみが取れたため、わたしは十年ぶりに笑うことができるようになった。この人なら、信用できるかもしれない、と感じた。佐塚みさ子さんとの出会いだった。

ドンドンと音するように浮腫みとれ　細身の俺が現れ出でて
風船のような顔から浮腫み引き　何年ぶりに微笑みが出る

【命ある限り　道は拓ける】

偶然に我に当りし看護師は　細腕なれど経営者とは！

看護師の佐塚さんは、実は、看護の会社を立ち上げたばかりの経営者でもあった。だから、業界の内実にも詳しい。わたしは施設時代、無理に栄養剤を変えられて苦労したが、それは儲け主義の一環であったことを知らされた。また、一人暮らしをしたときにも、さまざまなお金がかかってきたが、それも、利用者を囲い込んで、より利潤を上げようとするあくどい手口であったことを教えてもらった。世の中には、障害者を「金儲けの手段」としてしか見ていない組織もあるのだ。それでは、障害者はしあわせになれるはずもない。彼女は、そんな現状を嘆いていた。そして、障がいのある人がしあわせに生きられる施設を作りたいのだと、夢を語ってくれた。「入居者と職員が同じ目線になって、かたや生活、かたや介護を営むような施設を作りたいんです」。それが、ご両親が聴覚障害者だったという彼女の悲願だったのだ。

やがて、彼女は、わたしに驚くべき提案をしてくれた。彼女が代表取締役を務める会社に、経営陣の一人として参加してほしいというのだ。

逆境に負けないあなたを買ったのと　佐塚みさ子は笑顔で告げる

全身麻痺、という逆境にあっても、わたしは、大学での講演や、友とのコンサート、執筆活動をあきらめずに続けてきた。彼女は、そのタフさを買ってくれた。「障害者だからこそ、見えているもの、気がつくことがあると思うんです。それを、わたしたち管理者に教えてほしいんです。それに、舩後さんは、現役時代、広報のお仕事もなさってきたでしょう。そこにも期待しています」

まさか、こんなふうにして社会復帰が叶うとは！　夢にも思っていない展開だった。もちろん、断るわけがない。会社での初仕事は、朝礼での訓示だった。多くの職員が、わたしを見つめていた。全身麻痺で、どうやって訓示をするのだろうかという好奇のまなざしだ。さすがに緊張した。わたしは、用意してきた原稿を、人工音声で読みあげた。第一線から離れて十二年、その歳月を取り戻そうと思って、思いつく限りの提案をぶつけた。

こうしてわたしは「株式会社アース」の取締役の一人となった。会社は、介護施設「サボテン」を開設。末期がんや難病患者、重度の障害者も受け容れている。入居者はただ介護されているだけではなく、コミュニティの一員として、自治もでき、提案もできる、そんな施設だ。もちろん、そこにわたしのアイデアが生かされていることは、言うまでもない。

２０１４年には、高齢者や障害者のためのサービス付き施設の全国大会で「サボテン六高台」が「リビング・オブ・ザ・イヤー２０１４」を受賞、２０１５年には「千葉元気印企業大賞」を受賞した。誇らしいことだ。みんなでがんばっている甲斐がある。これも、障害者であるわたしを、「一人の人間」として、対等に扱ってくれた佐塚さんをはじめ、会社のみんながあってこそだ。みんなに、心からの感謝を捧げたい。

泥沼を　歩き続けて十二年　日が当たる道　目前に見え
松戸に来　優しき笑みに囲まれて　しみじみ思う「来られてよかった！」

わたしは、学生時代からバンドをしていた。全身麻痺になってからも、作詞をし、全身麻痺でも弾けるギター開発にも参加し、コンサートも開いてきた。そんなわたしの経歴を見て、佐塚社長から、社歌の作詞を依頼されたときは、うれしかった。社の理念は『気づきと思いやり』だ。気づかないと、思いやりも生まれない。その思いをこめて、詩を書いた。作曲は、松戸の観光大使でもある吉崎さとしさんにお願いした。最後に、株式会社アースの社歌『気づきの種　思いやりの花』を聞いてください。ありがとうございました！

気づきの種　思いやりの花

作詞：舩後靖彦　作曲：吉崎さとし

1
こぼす涙は　わたしが拾います　ありがとうは　いりません
それは　わたしが言うべき言葉　微笑むあなたに　感じた幸せ
向日葵は陽を追い　見渡し気づき　語りかけます　日にひとつ

向日葵の心を　あなたへと　気づきの種を　あなたへと
あなたは　あなたらしく　生きてきたからこそ　今日が来て
そして続きは　わたしに　もたれて　もたれて　もたれて下さい

2

ながす涙は　わたしが拭います　ありがとうはいりません
それは　わたしに言わせて下さい　語るあなたに重ねた自分
葉桜の若さが広場に満ちて　幕があきます　一日中
葉桜の血潮を　あなたへと　思いやりの葉　あなたへと
あなたは　あなたらしく　生きてきたからこそ　明日見ます
これからの日は　わたしを　頼って　頼って　頼って下さい

3

あなたの夢は　わたしが語ります　見て下さい　あの家を
あれは　わたしが作った宇宙　夢あるあなたの　心を満たす
サボテンは陽をうけ　水無く育ち　花をつけます　純白の
サボテンの心を　あなたへと　思いやりの花　あなたへと
あなたは　あなたらしく　生きてきたからこそ　光ります
その未来を　わたしに　たくして　たくして　たくして下さい
あなたは　あなたらしく　生きてきたからこそ　光ります
その未来を　わたしに　たくして　たくして　たくして下さい

CD「君色の空～今もそのまま」に収録　税込み 1,000円

連絡先：吉崎さとしWMC事務所　sym713@gmail.com

舩後 靖彦（ふなご・やすひこ）

一九五七年岐阜に生まれ、九歳より千葉で育つ。

大学卒業後、プロミュージシャンを目指すも断念。方向転換し、商社マンとなってバブル時代を駆けぬける。

絶頂期であった四十一歳の夏、手の痺れを感じ、翌年春、ＡＬＳと診断される。

麻痺は全身におよび、人工呼吸器装着に至る。

絶望し一時は死も考えたが、福祉サービス業株式会社 アース取締役就任を以って、社会復帰をはたす。

現在、副社長。他に、湘南工科大学テクニカルアドバイザー、上智大学非常勤講師もする。

また、歯で噛むセンサーを使って操作するパソコンにより、大学中心に講演活動をこなす。

講演では、プロミュージシャン吉崎さとしの歌により、自作詩を披露する。コンビ名は「さとおや」。

著書に、『三つ子になった雲』（日本地域社会研究所）、『死ぬ意味と生きる意味』（共著・上智大学新書）、他がある。

寮 美千子（りょう・みちこ）

一九五五年東京生まれ、千葉育ち。外務省、広告制作会社勤務を経て、一九八六年、幼年童話で毎日童話新人賞受賞。

ノンフィクション、小説とジャンルを広げ、二〇〇五年、長編小説『楽園の鳥』で泉鏡花文学賞を受賞。

翌年、古都に憧れて奈良に転居。二〇〇七年より奈良少年刑務所で受刑者に詩の授業を行い、『空が青いから白をえらんだのです　奈良少年刑務所詩集』を編纂。また、日本の古典絵巻や世界神話を絵本にする仕事を進めている。

近刊に『絵本古事記　よみがえり』（国書刊行会）、『絵本六道絵』（同朋舎新社）、『父は空 母は大地』（小社）。

●

一九七〇年代にともに千葉で高校生活を送った舩後と寮は、二〇〇五年、知人を介して知りあった。

舩後は自ら創作した詩や俳句をメールで寮に配信。それを読んだ寮が、短歌を薦めたところ、舩後は爆発的に作歌を開始。

これがきっかけで二人のコラボレーションである本書が生まれた。

短歌は舩後靖彦作、本文は寮美千子が執筆し、舩後が講演用に書きためた原稿と、関係者への取材をもとに構成している。

協力●

今井尚志　独立行政法人国立病院機構宮城病院　診療部長
大津弘之　株式会社日立製作所
小澤邦昭　株式会社日立製作所　ビジネスソリューション事業部事業部長付（アクセシビリティサポート担当）
川上純子　日本ALS協会　千葉県支部事務局長
栗原久美子　宮城県神経難病医療連絡協議会　神経難病医療専門員
黒肱俊一　知人
小館貴幸　立正大学　非常勤講師、「あるけー」メンバー
橋本恭成　株式会社ケアドゥ　虹の橋ケアセンター　代表
藤城康雄　知人
深山聖之　知人

編集協力　葉月社
編集　杉山裕治

【船後靖彦関連ホームページ＆ブログ】

「船後流再チャレンジ」
http://plaza.umin.ac.jp/custwork/funago/

「船後流短歌ブログ」
http://funago.seesaa.net

「船後ファミリーライブ」
http://www.ne.jp/asahi/jmp/vg/silk/index.html

「船後ファミリーライブブログ」
http://funagofami.exblog.jp

【寮 美千子ホームページ】

http://ryomichico.net

本書は、二〇〇八年に小学館より刊行された
『しあわせの王様』の増補新装版です。

増補新装版
しあわせの王様　全身麻痺のALSを生きる舩後靖彦の挑戦

二〇一六年六月一日　初版第一刷発行
二〇一九年八月五日　第二刷発行

著者　舩後靖彦　寮 美千子

発行者　関 昌弘
発行　株式会社ロクリン社
〒一五二-〇〇〇四　東京都目黒区鷹番三-四-十一-四〇三
電話 〇三（六三〇三）四一五三　FAX 〇三（六三〇三）四一五四
http://rokurin.jp

印刷製本　株式会社シナノパブリッシングプレス